DAS KULTURELLE GEDÄCHTNIS • VERLAG •
ASTV NON VI

Grete Weil

ANS ENDE DER WELT

1

Sie benahmen sich nicht so, wie man es in ihrer Lage von ihnen hätte erwarten können. Da sie sich angesichts des Todes befanden, wäre etwas mehr Gemeinschaftsgefühl wohl am Platze gewesen.

Doch hatte Universitätsprofessor Dr. Salomon Waterdrager, der Autor des vielbenutzten Kommentars zum Strafgesetzbuch, sich niemals so weit über seine Mitmenschen erhaben gefühlt wie an dem Abend, an dem er zusammen mit seiner Frau Henny und seiner Tochter Annabeth zur späten Stunde aus dem Schlaf geholt wurde, um nach Polen verschickt zu werden.

„Es muß ein Irrtum sein, meine Herren", sagte er in einwandfreiem, wenn auch nicht akzentlosem Deutsch und schlug nervös mit seiner großen, wohlgeformten Hand auf das Blatt Papier, welches ihm vom Offizier der Grünen überreicht worden war und auf dem zu lesen stand, daß Salomon Waterdrager (Titel und Würden waren weggelassen), am 20. Februar 1879 in Amsterdam geboren, sich zum Arbeitseinsatz nach Deutschland zu begeben habe, wozu er einen Rucksack und zwei wollene Decken mit sich nehmen dürfe.

„Wir sind gesperrt", rief er autoritativ, „wir haben vorzügliche Stempel erst vor drei Tagen bekommen. Sie wissen wahrscheinlich nicht, was ein Hundertzwanzigtausender ist?"

„Doch", sagte der Offizier gelangweilt, „ich weiß es."

„Nein, Sie wissen nichts, gar nichts wissen Sie, Herr Leutnant. Wenn es noch ein gewöhnlicher Hundertzwanzigtausender wäre, so ein gekaufter, dann hätten Sie vielleicht recht. Dieser aber ist mir und meiner Familie für meine außerordentlichen Verdienste in der Jurisprudenz verliehen. Sehen Sie selbst, da steht: Bis auf weiteres vom Arbeitseinsatz freigestellt."

Der Offizier zuckte die Achseln: „Das Weitere ist halt jetzt eingetreten."

„Das Datum, Herr Leutnant. Darf ich Sie auf das Datum hinweisen: 15. Mai 1943. Und heute haben wir den 17."

„Befehl vom Chef."

Der Offizier nahm den Aufruf und deutete auf drei kleine, mit Rotstift geschriebene Buchstaben. Es waren die Initialen des Mannes, der die Deportation der Juden von Holland nach Polen leitete. Der Professor klappte zusammen. Denn der Chef hatte ihm vor drei Tagen den Sperrstempel eigenhändig in den Personalausweis gedrückt und ihm dabei leutselig auf die Schulter geklopft, worüber er, bei allem Abscheu, den er gegen die Nazis empfand, nicht wenig stolz gewesen war.

„Es ist ein Irrtum, und Sie werden zur Rechenschaft gezogen werden", sagte er leise, aber es klang keineswegs mehr überzeugt.

Der Offizier lächelte, daß seine schönen, weißen Zähne sichtbar wurden.

„Machen Sie sich fertig", sagte er fast höflich und steckte die goldene Uhr des Professors, die auf dem Nachttisch lag, in die Tasche.

Salomon Waterdrager gab den Widerstand auf und kleidete sich an. Da er nicht darauf vorbereitet war, abgeholt zu werden, konnte er nichts Passenderes finden als einen dunkelblauen, sehr korrekten Anzug, in dem er es liebte, Kolleg zu halten.

Henny ging aufgeregt durchs Zimmer und packte Unnötiges zusammen. Sie stieß dabei unartikulierte Jammerlaute aus wie ein zahnendes Baby. „Wo ist meine Brille, wo ist nur meine Brille?" klagte sie so lange, bis Salomon ungeduldig rief: „Aber du hast sie ja auf."

Annabeth sagte überhaupt nichts. Sie stand schön und schlank da und hielt das gescheite braune Knabengesicht hochmütig in die Höhe.

Sie wußte nicht, wen sie mehr verachtete, ihre Eltern oder die Soldaten. Aber weil sie gewohnt war, den Weg des geringsten Widerstandes zu wählen, war es am Ende das törichte Verhalten der Mutter, das sie am meisten zum Spott reizte.

Der Offizier machte ihr schöne Augen. Sie sah es und hatte nicht übel Lust, ihn zu prügeln. Aber sie konnte es doch nicht lassen, ihre langen, seidigen Wimpern vor ihm zu senken. Sie hatte erprobt, daß dieser weiche Flügelschlag der Lider die Männer toll machte. Dann murmelte sie, daß sie etwas vergessen habe, und ging noch einmal in ihr Zimmer. Sie nahm von der Couch ein hingeworfenes Spielzeugäffchen, das man überstülpen konnte wie einen Handschuh, um es dann gefällig und lustig in der Manier von Kasperletheaterpuppen zu bewegen. Während sie das Äffchen in die Tasche schob, begann Annabeth, die viel genauer als ihre Eltern wußte, daß es um Leben und Tod ging, zu weinen. Sie schämte sich schrecklich, aber es war nichts dagegen zu tun, ihre Zähne schlugen aufeinander, und sie zitterte vor Angst. Sie wollte leben, leben um jeden Preis, und einen Augenblick lang überlegte sie, ob sie nicht den Offizier rufen und mit ihrem Körper sich die Freiheit erkaufen könne. Die Eltern? Es war ihr gleichgültig, was mit ihnen geschah; sie konnte an nichts anderes denken als an sich selbst.

Dann riß sie sich zusammen und ging zu den anderen zurück, die schon in der Eingangshalle standen.

„Go on“, sagte sie, als hätte sie hier zu kommandieren, und leuchtete mit der eigenen Taschenlampe die Treppe hinab.

Es erwies sich, daß man den Waterdragers tatsächlich eine Ausnahmestellung zugebilligt hatte, insofern nämlich, als man sie in einer eleganten Limousine zur Sammelstelle beförderte und nicht in einem der großen Überfallwagen, die sonst zum Judenholen gebraucht wurden.

Sie saßen zusammengedrückt im Fond, vor sich den rauchenden Offizier.

Wenn er mir wenigstens eine Zigarette anbieten würde, dachte Annabeth böse, aber sie hatte nicht genug Mut, um sich eigenmächtig eine anzustecken.

Sie starrten in die undurchdringliche Schwärze der Straßen und wußten nicht, wo sie sich befanden. Es war seit fast einem Jahr das erstemal, daß sie nach acht Uhr ihr Haus verlassen durften.

„Es ist so dunkel", sagte Henny ängstlich, „hoffentlich findet der Chauffeur sich zurecht."

„Ich hätte nichts dagegen, wenn er in eine Gracht fahren würde", entgegnete Salomon bitter und seufzte leise: „Mein Amsterdam." Der Offizier pfiff sich eins; es war keine kriegerische Melodie, sondern ein weicher, sehr wienerischer Schlager. Wahrscheinlich geschah es aus Langeweile und nicht in der bösen Absicht, den Gefangenen etwas anzutun, aber die Töne rissen an ihren Nerven, als würde sie geschlagen.

Übrigens dauerte die Fahrt nicht lange; der Deutsche hatte seine Zigarette noch nicht zu Ende geraucht, als der Wagen stillstand und sie aussteigen mußten.

Sie konnten nichts sehen als ein regennasses Pflaster, auf das der schmale Lichtschein einer halbgeöffneten Tür fiel. Aber jetzt wußten sie genau, wo sie waren: inmitten des alten Judenviertels, jenes Gettos, das, voll von Schmutz und Gestank und heimlichem Glanzes, bis vor kurzem noch geblüht hatte wie zu Rembrandts Zeiten und das jetzt, seit einem langen, mörderischen Jahr, im Sterben lag. Das Ziel ihrer Fahrt, das Ziel aller Juden, war ein altes, heruntergekommenes Theater, in das die Waterdragers niemals den Fuß gesetzt hatten.

Ihre Ankunft verursachte einige Unruhe in dem schon schlafenden Haus. Ein schiefgesichtiger SS-Mann trat aus einem Verschlag, der sich in der ehemaligen Kasse befand, und salutierte vor dem Offizier, sonst aber schien ihm der Vorgang ziemlich gleichgültig zu sein. Wie sich denn überhaupt die Uniformierten zurückzogen, sobald die jungen Angestellten des Jüdischen Rates, die sich eifrig um das Gepäck bemühten, die Waterdragers im Foyer bei einer Kollegin installiert hatten, die ihre Personalien mit der Schreibmaschine aufnahm.

„Waterdrager?“ fragte sie erstaunt, mit heiserer, müder Stimme, „kommen denn heute lauter Waterdragers?“

„Wieso noch andere“, fragte Salomon beleidigt und fügte mit Nachdruck hinzu: „Ich bin Professor Salomon Waterdrager.“

„Salomon heißt der andere auch“, entgegnete die Frau und schaute in ihrer Liste nach. „Salomon mit Frau Saartje und Sohn Benjamin.“

Der Professor drehte den Kopf mit scharfem Ruck, und auch Henny und Annabeth blickten in die gleiche Richtung.

Am Ende des langgestreckten Wandelganges und von unzähligen und höchst ärmlichen Koffern, Rucksäcken und Bündeln umgeben saßen auf einer Bank, eng aneinandergedrückt, ein alter, magerer, verschrumpelter Mann und eine kleine, dicke, fettglänzende Frau in einstmals pompösen, doch jetzt verschlissenen und viel zu warmen Kleidern. Der Sohn stand etwas abseits, gegen die Wand gelehnt. Er hatte die Arme über der Brust gekreuzt und sah mit weitoffenen Augen ins Leere. Unter seinen schwarzen, leichtgelockten Haar lief ein frischer, roter, dickgeschwollener Striemen quer über seine Stirn. Annabeth warf ihm den spöttisch flirtenden Blick zu, den sie beim Auftauchen jedes leidlich hübschen Jungen anwandte.

Er bemerkte es nicht, wie ein Traumwandler starrte er und preßte die Lippen zusammen. Auch schien er mit Gewalt ein Zittern zu unterdrücken, doch trotz aller Anstrengung lief von Zeit zu Zeit ein Schauer durch seinen großen, schmalen Körper.

Er hat ja Fieber, dachte Annabeth mitleidig, man kann ihn doch in diesem Zustand nicht so herumstehen lassen. Dann stieg ihr das Blut heiß ins Gesicht, und ihre Beine begannen schwach zu werden, so daß sie sich schnell mit beiden Händen auf den Schreibmaschinentisch stützen mußte.

„Das ist mein Vetter Sam aus der Jodenbreestraat", sagte der Professor leise zu Henny, und sie antwortete mit ihrer lamentierenden Stimme: „Mein Gott, was haben wir denn bei diesen Leuten zu suchen."

Salomon wandte sich an die Frau hinter der Schreibmaschine: „Natürlich liegt hier eine Verwechslung vor. Dieser Mann, ein entfernter Verwandter von mir, trägt nicht nur denselben Namen, er ist auch im gleichen Jahr geboren."

„Stimmt", sagte die Frau und sah wieder in ihrer Liste nach. „Das mit der Verwechslung kann schon seine Richtigkeit haben. Es fragt sich nur, wer mit wem?"

„Aber Fräulein", schrie Salomon erbost und stieß seinen grauen Vogelkopf nach vorne, „ich verbitte mir Ihre Bemerkungen. Und überhaupt will ich jetzt endlich einen der Herren vom Jüdischen Rat sprechen."

„Da müssen Sie sich noch etwas gedulden. Es ist nur ein Referent anwesend. Und es geht der Reihe nach. Die anderen Herrschaften kommen vor Ihnen dran."

Salomon fühlte sich vernachlässigt und von diesem müden Gesicht verhöhnt. Er schnappte nach Luft: „Ich würde mich an Ihrer Stelle hier nicht so breitmachen. Sie sind ja nicht einmal Holländerin."

„Sie haben recht", sagte die Frau und wurde noch blasser und müder, „ich bin Deutsche."

Sie hätte es leichtgehabt, sich darauf zu berufen, daß sie Jüdin sei und ein Opfer genau wie er. Daß sie es nicht tat, erzürnte Henny, und sie sagte laut zu Annabeth: „Mof bleibt Mof."

Salomon genierte sich über Hennys Worte. „Na ja, Jüdin sind sie ja auch, Fräulein", meinte er einlenkend.

„Für die Dauer des Krieges", antwortete die Frau, ganz ohne Spott.

„Und danach sind Sie es vielleicht nicht mehr?"

„Danach bin ich wieder ein Mensch."

„Sie haben leicht reden, Fräulein, hier auf Ihrem guten Posten. Wenn der Jüdische Rat erst alle anderen Juden nach Polen geschickt hat, besteht für seine Mitglieder immerhin die Chance, jene glücklichen Zeiten, in denen man nur Mensch sein darf, zu erleben. Für uns gewöhnliche Sterbliche sind die Aussichten bedeutend ungünstiger."

Salomon floß vor Gift über und vergaß vollkommen, daß er selbst Mitglied des Jüdischen Rates war und diesen Schutz bis vor drei Tagen gern in Anspruch genommen hatte. So sehr ärgerte er sich, daß andere noch frei umherlaufen konnten, während er selbst gefangensaß.

Annabeth, die wußte, daß man die einzige Tochter der Frau schon vor Monaten bei einer Straßenrazzia ergriffen und nach Polen deportiert hatte, zupfte den Vater am Ärmel.

„Sei doch friedlich, Dad. Dein Hundertzwanzigtausender ist doch auch ganz schön."

Die Erinnerung an seinen ausgezeichneten Stempel belebte Salomon wieder und gab ihm neuen Auftrieb: „Ich will Ihnen mal was sagen, Fräulein. Innerhalb von fünf Minuten wünsche ich jetzt den Herrn Referenten zu sprechen, oder Sie werden Ihr blaues Wunder erleben."

Als die Frau sich nach dieser Aufforderung immer noch nicht bewegte, traten an Salomons Schläfen die Adern hervor. Und es wäre wohl zu einer üblen Szene gekommen, wenn Annabeth, die stets alle Menschen kannte, die überhaupt in Frage kamen, nicht schon vor einiger Zeit dem diensttuenden Referenten ein Briefchen geschickt hätte.

Gerade im rechten Augenblick erschien eilig von oben kommend, wo sich die Kantine befand, ein wohlbeleibter Mann mit dem Gesicht eines Posaunenengels und begrüßte Annabeth, als freue er sich ganz unbeschreiblich, sie hier zu sehen.

„Warum haben Sie mich denn nicht gerufen?" sagte er unfreundlich zu seiner Kollegin. Und murmelte zwischen den Zähnen hindurch: „Gestochene Gans." Dann verbeugte er sich zuvorkommend in der Richtung, in der Salomon stand: „Referent Goudsteen."

Salomon erwiderte den Gruß mit steifer Würde: „Professor Salomon Waterdrager, Herr Referent. Meine Festnahme ist natürlich ein Irrtum."

2

Ben Waterdragers Augen, die ins Leere starrten, sahen rote und goldene Kreise. Der Striemen schmerzte.

Sein ganzer Kopf schmerzte, als ob er zerspringen wolle.

Man kann nicht denken, wenn der Kopf so schmerzt. Man kann nicht denken, wenn man nichts sieht als feurige Räder. Aber man muß doch denken. Es ist wichtig. Es geht nicht um einen selbst. Es geht um die Freunde. Die erwarten ihn. Wo? Daran kann er sich nicht erinnern. Wann? Er weiß es nicht mehr. Ist es Morgen? Ist es Abend? Ist schon ein neuer Tag?

Wer ist man denn? Ben, Ben, Ben. Nein, das stimmt nicht, man ist nicht Ben, das ist ein Irrtum, ein scheußlicher Irrtum. Man ist – man ist – zum Teufel, wer ist man denn? Ben. Nein, nicht Ben, nicht Ben. Ben Waterdrager. Das ist verkehrt. Man darf den Namen doch nicht vergessen. Das vor allem nicht. Sonst hat der graue Ausweis in der Tasche seinen Sinn verloren. Aber verdammt, er steckt nicht mehr in der Tasche, der SD-Mann hat ihn fortgenommen. Weil man jetzt endlich die große Tat getan hat? Nein. Nur weil man ein Jude ist, nur darum. Genauso wie bei Jo. Er biß sich die Lippen blutig, und der Kopf schmerzte. Ruhig denken, ganz ruhig denken. Der Reihe nach. Wann hat es begonnen? Wie man Jo ergriffen hat, den großen Bruder Jo. Joseph und Benjamin. Schon wieder Ben. Doch, damals, vor zwei Jahren, war man noch Ben. Student der Medizin. Auch das ist falsch. Man studierte nicht mehr. Man durfte die Universität nicht mehr betreten. Denn man hatte vier jüdische Großeltern. Und acht jüdische Urgroßeltern. Und sechzehn und zweiunddreißig und vierundsechzig vorher. Alles Juden. Also wird es wohl doch so sein, daß man selbst auch ein Jude ist. Obwohl man sich nichts darunter vorstellen kann. Man ist – ja, was ist man denn? Ein Sozialist vor allem. Und ein Holländer natürlich. Auch daran sitzt ein Haken. Man war ein Holländer, aber man ist es nicht mehr. Man hat die Staatsbürgerschaft verloren, man selbst und Jo und viele andere. Weil man Kriegsdienst getan hat in einem andern Land. Wann war das? Rechne nach. Nein, mit einem solchen Kopf kann man nicht rechnen. Neun-zehn-hundert-sie-ben-und-drei-ßig. 1937. Da gab es in Holland noch keine Nazis. Da gab es nichts als Demokratie. Und die Demokratie hat ihnen gesagt: „Ihr seid keine Holländer mehr, Joseph und Benjamin Waterdrager. Weil ihr für ein fremdes Land gekämpft habt.“ Das war ein Irrtum. Man hat nicht für Spanien gekämpft, sondern für die Freiheit. Und die Demokratie. Aber die Demokraten in Holland wollten das nicht begreifen. Sie hielten sich an ihre Politik: Non-in-ter-ven-tion. Merkwürdiges Wort. Vielleicht wäre alles ganz anders gekommen, wenn man gesiegt hätte dort unten. Man hat nicht gesiegt. Man ist geschlagen worden. Jo hat über den verlorenen

Krieg geweint. Er war gescheit. Er hat die Welt verstanden. Er war der Große. Der große Bruder Jo.

Und ist den Nazis doch ins Garn gegangen. Ganz ahnungslos. An einem Spätnachmittag im Juni. Man ging zu zweit durch die Stadt. Der Himmel war wie gespannte helle Seide. Man sprach über den Krieg. Aber es war ganz still und friedlich in der Luft. Die Flugzeuge kamen nicht vor Mitternacht. Jetzt war es halb sieben und taghell. An der Ecke stand ein Mann in brauner Uniform und schrie seine Zeitung aus: „Volk und Vaterland." Jo spitzte die Lippen, pfiff leise vor sich hin. Man summte mit:

„Um die Eck, schmutzigbraun,
Biegt ein Pharisäer,
Ist nicht Mann, ist nicht Frau,
Ist ein N.S.B.er.
Den Courant in der Hand
Sieht man ihn dort laufen,
Und er will sein ‚Vaterland'
Für fünf Cent verkaufen."

Dann lachte man. Jo hatte sanfte braune Augen, schwarzes Haar und eine scharfgebogene Nase, die auf und nieder wippte, wenn er sich freute.

„Bis nachher", sagte er und sprang auf die Tram, die nach Süd fuhr. Nachher gab es nicht mehr. Nicht mehr für Jo. Im Süd war Razzia auf jüdische Jungen. Weil irgendwann, irgendwo in einem Haus, in dem Soldaten lagen, eine Zeitbombe explodiert war. Jo hatte nichts mit dieser Bombe zu tun. So wenig wie die 299 anderen, die ergriffen wurden an diesem Abend.

Zu Hause wartete man. Die Mutter, der Vater, Ben.

„Er wird sich verspätet haben. Wenn Jo geigt, vergißt er die Zeit." Jo geigte nicht mehr. Der Gegner hatte zugeschlagen. Weil Jo ein Jude war. Aus keinem anderen Grund? Aus keinem anderen Grund. Die Nazis hatten einen Feind geschnappt, einen echten, legitimen Feind. Aber sie wußten es nicht. Vielleicht hätten sie sonst Jo an die Wand gestellt und füsiliert. Das wäre eine Gnade des Schicksals gewesen. Das Schicksal ist nicht gnädig. Es schlägt blindlings zu und wählt aus ohne allen Sinn. Man darf keinen Sinn dort suchen, wo alles sinnlos ist. Man darf sich das Herz nicht bestechen lassen mit der Phrase: „Es hat so sein müssen." Nichts muß so ein. Aus tausendfachem Mord wächst kein neues Leben. Das Üble erzeugt nichts anderes als neues Übel.

Sie schickten Jo fort, nach Österreich, ins Konzentrationslager Mauthausen. Man kannte den Namen nicht, niemand kannte ihn. Vor Dachau und Buchenwald wäre man erstarrt, vor Mauthausen nicht. Aber es dauerte nicht lange, und Todesberichte kamen, Woche für Woche, mit furchtbarer Regelmäßigkeit. Erst acht, dann zehn, dann zwanzig, dann dreißig. Gestorben an Lungenentzündung, an Herzschlag, an Sepsis. Erschossen auf der Flucht. Man hat Angst, auf die Straße zu gehen, man hat Angst, nach Hause zu kommen. Bekannte draußen können sagen: „Es ist eine neue Liste gekommen." Und daheim kann die Nachricht sein. Man spricht nicht zusammen, man wagt kaum sich anzusehen. Ben schämt sich, daß er frei umherläuft, als hätte er den Bruder verraten. Und sucht sich doch zu verstecken wie ein gejagtes Tier. Es gibt Eltern, die haben zwei Söhne dabei. Das darf nicht sein. Eine Nacht schläft er hier, die nächste dort. Und bekommt den neuen Namen. Den er jetzt vergessen hat. Einmal kommt ein Brief. Jo kann nicht gut deutsch schreiben, er drückt sich hilflos aus wie ein kleines Kind. Aber voll Zärtlichkeit und Liebe. Er sagt kein Wort der Klage. So ist Jo.

„Grüßt Ben. Er soll es besser machen."

„Um Gottes willen", sagen die Eltern, „der Zensor wird sich doch keine Notiz gemacht haben? Was sagen wir, wenn einer kommt, um nach Ben zu fragen?" Es gibt keinen Ben mehr, Ben darf keine Grüße bekommen.

Da steht noch ein Satz: „Fernandez würde manches lernen können."

„Weißt du, was das bedeutet, Ben?" flüstern die Eltern. Man schüttelt den Kopf.

„Aber Ben! Du mußt es wissen. Fernandez ist ein spanischer Name. Besinn dich doch!"

„Weiß nicht, wen Jo meint."

Man weiß es doch, man sagt es nur nicht. Fernandez war der berüchtigste, der gefürchtetste Folterknecht der Falangisten. Man lebt – man ißt, man schläft, man geht spazieren, während Jo, der große Bruder, zu Tode gequält wird. Manchmal läuft man durch die Straßen, wittert den nahen Herbst, und Jo geht mit. Man ist in solchen Augenblicken mit ihm allein auf der Welt und sagt mit heiserer Stimme: „Wenn du nicht wiederkommst, Jo, dann werd ich dich rächen." Jo antwortet, freundlich und ernsthaft, wie es seine Art ist: „Warum so viel Pathos, mein Junge? Rache ist dumm. Du hast es nicht nötig, dumm zu sein. Mach es besser. Macht es alle besser." Was bedeutet dies: Macht es besser!? Man soll sich nicht fangen lassen? Das auch, das ist ja selbstverständlich. Aber es meint mehr, viel mehr. Versteht es, besser zu leben, macht die Welt besser, schafft Zustände, in denen die Menschen besser sein können. Denn wer will entscheiden, ob der Mensch gut oder böse ist? Die Umstände machen ihn zu diesem oder jenem.

Eines Tages kommt ein Herr vom Jüdischen Rat.

Er ist blaß und räuspert sich, bevor er zu sprechen beginnt.

„Ich", sagt er und verstummt. „Ich", hebt er noch einmal an und hastet weiter, „habe die schwere Pflicht ..."

„Jo ist tot", sagt die Mutter.

Der Herr nickt: „Es ist eine große Liste gekommen – eine sehr große Liste – fast alle." Dann murmelt er sein Beileid und geht.

Man begleitet ihn bis zur Tür. Zieht sie hinter ihm dicht und drückt den Kopf ans Holz. Jo ist tot. Es gibt keinen großen Bruder mehr.

Man darf nicht rächen. Rache ist dumm, hat Jo gesagt. Aber kämpfen darf man. Und kämpfen kann man. Denn man ist kein Jude mehr. Ist nicht mehr Ben. Man kennt nur noch einen Gedanken: Widerstand!

Man träumt von großer Tat. Man möchte Häuser in die Luft sprengen, Züge zum Entgleisen bringen, Transporte überfallen.

Nichts von alldem geschieht. Man versorgt Untergetauchte, gibt gefälschte Ausweise weiter, verteilt Lebensmittelkarten und trägt verbotene Zeitungen aus. Man hat sich zu fügen, man ist ein Soldat. Die Gruppe bestimmt. Wenn es gefährliche Arbeit gibt, meldet man sich.

„Es geht nicht, du bist zu dunkel, sie könnten dich doch als Juden erkennen. Wir dürfen durch dich die Arbeit nicht gefährden." Damit hat man sich abzufinden.

In der Zwischenzeit geht das Judenholen weiter. Abend für Abend, Nacht für Nacht. Voll Methode und doch ohne System. Buchstabe A und B sind heute an der Reihe. Morgen springt es aufs K. Dann kommen die Konfektionsarbeiter dran, die deutschen Frontkämpfer aus dem Ersten Krieg, die Getauften. Tagsüber die Kranken, Alten und Schwachen und die, welche keine Sperrstempel haben. Jede Woche fährt ein Zug mit tausend Menschen nach Polen.

Man kennt die Namen Auschwitz und Birkenau. Man weiß, daß dort die Züge ausgeladen werden. Mehr weiß man nicht. Es kommen keine Nachrichten von den Verschickten.

Im Schatten der Winterdämmerung geht man zu den Eltern. Der Vater ist Diamantschleifer. Bis jetzt hat der Feind ihn noch nötig.

„Taucht unter", sagt man, „taucht doch endlich unter."

„Es geht nicht ", seufzt die Mutter. „Wer sollte denn auf die Möbel aufpassen? Und auf die Katze? Und auf den Kanarienvogel?"

Und der Vater: „Das eine Unglück in der Familie ist doch wohl genug. Wenn wir untergetaucht sind und erwischt werden, kommen wir als Straffall fort. Dann haben wir das Schicksal deines armen Bruders zu erwarten." „Und so?"

„Arbeitseinsatz ist etwas anderes. Den können wir mit Gottes Hilfe durchhalten. Und überhaupt ist der Krieg bald zu Ende. Es ist ganz sicher, daß die Invasion noch diesen Sommer kommt. Dann werden die Moffen andere Sorgen haben." Man zuckt die Achseln.

Der Vater ereifert sich: „Außerdem kann ich meine Arbeit nicht im Stich lassen. Was sollte ich denn ohne meine Arbeit anfangen?"

Man schweigt. Man findet das alles rührend und lächerlich. Man glaubt nicht daran, daß die Straffälle es schlechter haben. Man hält Untertauchen für die einzige Chance. Man ist überzeugt, daß es in Polen für ältere Menschen keine Hoffnung gibt. Aber man hat nicht den Mut, in fremde Leben einzugreifen. Und schweigt.

Im Frühjahr kann man nicht mehr zu den Eltern kommen. Man darf sich am hellen Tag dort nicht sehen lassen. An jedem Abend aber können die Grünen in der Wohnung sein.

Dann endlich ist es so weit, daß man bei den Kameraden erreicht, was man will. Man wird einer Gruppe zugeteilt, die draußen in den Wäldern scharf schießen und Handgranaten werfen lernt.

In einem Augenblick der Schwäche fühlt man: Es ist unmöglich, wegzugehen, ohne noch einmal zu Hause gewesen zu sein. Es kann so viel geschehen da draußen.

Um zehn Uhr abends steigt man vorsichtig die hohe Treppe hinauf. Steckt den Schlüssel ins Schloß.

Die Tür wird von innen aufgerissen. Zwei SD-Männer stehen im Gang.

„Den Ausweis."

Man zieht ihn aus der Tasche. Die Hand bleibt ruhig.

„Sie heißen?"

Man sagt zwischen den Zähnen hindurch seinen Namen.

„Was tun Sie hier?"

„Die Leute besuchen. Das ist nicht verboten."

„Halt's Maul!"

Zwei Köpfe beugen sich über den Ausweis.

Sie halten ihn gegen das Licht.

„Falsch", sagt der eine, „ich kenne die Serie."

„Wie heißt du?", schreit er Ben an.

Man wiederholt den Namen.

„Wie heißt du?"

Wieder dasselbe.

Da nimmt der zweite die Reitpeitsche und schlägt sie mit voller Wucht über Bens Stirn.

Es ist ein Schmerz, der den Menschen entzweireißt. Man stürzt zusammen, verliert für Augenblicke das Bewußtsein. Man hört sich stöhnen. Man hat sich nicht mehr in der Gewalt, man ist nichts mehr als Schmerz.

„Wie heißt du?" schreit es einem ins Ohr.

Und man sagt, ohne daß man noch weiß, worum es eigentlich geht, mit lallender Stimme: „Ben. Ben Waterdrager.

Er preßte die Hände gegen die Brust, um nicht zu schreien. Mit unendlicher Mühe zwang er die Augen, die ins Leere starrten, auf die Erde zurück.

In einiger Entfernung sah er ein wunderschönes Mädchen stehen. Sie hatte den Kopf ein wenig schief gelegt und lächelte ihm zu.

Dann löste sie sich von der Gruppe, bei der sie stand, und kam auf ihn zu.

„Ich bin deine Kusine Annabeth Waterdrager", sagte sie, als sie vor ihm stand, „und ich finde es nicht sehr gescheit von dir, in deinem Zustand hier herumzustehen, wo doch so viel Platz zum Sitzen ist."

Sie griff mit beiden Händen nach seinen Armen und zog sie ihm von der Brust.

„Setz dich", befahl sie, „und mach kein so unglückliches Gesicht. Das ist ja schon einigen Menschen vor uns passiert. Wenn dir schlecht ist, hole ich Kognak. Ich habe eine Flasche im Brotbeutel."

„Nein. Bleib hier. Geh nicht weg."

Er hielt ihre Hand fest und hatte rasende Angst, daß sie fortgehen könnte.

„Gut", sagte sie, „ein bißchen bleibe ich noch. Du heißt Benjamin, nicht wahr?"

„Ben", sagte er und lächelte glücklich. „Aber ich habe diesen Namen lange nicht gehört. Seit zwei Jahren bin ich Jan. Jan Molenkamp." Ohne Anstrengung wußte er jetzt den Namen.

„Für mich bist du Ben."

„Sag es noch einmal."

„Ben", wiederholte sie und merkte zu ihrem großen Erstaunen, daß sie Tränen in den Augen hatte.

„Annabeth", sagte er.

Er beugte sich dicht zu ihr hin: „Bleib hier. Geh nicht fort, Annabeth.“

3

Referent Goudsteen klappte sein Notizbuch zu: „Ich zweifle nicht daran, Herr Professor, daß bei Ihren glänzenden Verbindungen alles schnell in Ordnung kommen wird. Zu bedauern bleibt, daß Sie und Ihre Familie ein paar unerquickliche Tage haben werden. Denn ein Grandhotel sind wir nun ja gerade nicht."

Salomon deutete seinen stoischen Gleichmut mit einer müden Handbewegung an.

„Meine Frau und ich werden uns in das Unvermeidliche zu fügen wissen. Dem Kinde freilich hätte ich diese unangenehme Erfahrung gern erspart."

Er blickte sich nach Annabeth um und runzelte die Stirn, als er sie bei den andern Waterdragers sitzen sah. Aber er hatte viel zuviel Angst vor ihr, um sie zurückzurufen. Über den Tisch hinweg steckte er Goudsteen eine dunkle Havannazigarre zu, die dieser mit ergebenem Lächeln quittierte, obwohl er Zigarren abscheulich fand.

„Herr Referent“, flüsterte Salomon, „sagen Sie, gibt es keine Möglichkeiten? Man munkelt doch so allerhand in der Stadt.“

„Wie belieben?“ fragte Goudsteen und hielt die Hand als Schalltrichter an sein großes Ohr.

Salomon räusperte sich, das Gespräch war ihm peinlich, denn er haßte illegale Handlungen und hielt im Grunde jeden, der sich mit diesen Dingen befaßte, für ein asoziales Element. Aber seine Vaterliebe siegte schließlich über seinen guten Bürgerinstinkt, und er sagte gequält: „Besteht keine Möglichkeit, meiner Tochter hier herauszuhelfen?“

„Ich habe Ihnen doch soeben erst auseinandergesetzt, Herr Professor, daß ich Ihre Chancen besonders günstig beurteile.“

Salomon schüttelte den weißen Vogelkopf.

„Ich möchte es nicht darauf ankommen lassen, was das Kind betrifft. Meine Frau und ich sind bereit, den Becher bis zur Neige zu leeren. Aber meine Tochter, sie ist so jung – und so verwöhnt – und, Sie verzeihen schon, wenn ich es als Vater sage, – so, so ganz besonders.“

Goudsteen schielte nach Annabeth, die er immer ungewöhnlich hübsch, aber ebenso anmaßend und verzogen gefunden hatte.

„Bedaure, bedaure sehr, Professor. Die Zeiten, in denen wir das Schicksal verbessern konnten, sind vorbei. Aber wenn es Ihnen ein Trost ist, müssen Sie wissen, daß auch früher nichts zu machen war, wenn jemand auf ausdrücklichen Befehl des Hauptsturmführers geholt worden war. In solchen

Fällen hat man uns immer zu scharf auf die Finger gesehen. Da heißt es dann: Wer war der Referent? Goudsteen mit auf Transport! Und Sie werden doch sicher nicht von mir verlangen, daß ich an Stelle Ihrer Tochter die Reise antrete."

Er lachte über diese Vorstellung wie über einen guten Witz, und Salomon war gescheit genug, um einzusehen, daß er dies in der Tat nicht verlangen konnte. Obwohl schwer zu begreifen war, warum dieser unsympathische Posaunenengel hierbleiben durfte, während ein so kostbares Geschöpf wie Annabeth den unheimlich drohenden Gefahren eines Lagers ausgesetzt werden sollte.

„Mit Rohdiamanten ist zuweilen etwas zu erreichen", sagte Goudsteen nachdenklich. „Aber das ist bei Ihnen auch sinnlos. Im besten Falle bekommt der Betreffende einen Hundertzwanzigtausender, und den haben Sie sowieso. Übrigens handelt es sich dabei um namhafte Summen. Unter fünfundzwanzig- bis dreißigtausend Gulden pro Person ist nichts zu wollen."

„Das ist unmöglich." Salomon schüttelte den Kopf und hob rechnend einen Finger nach dem andern hoch. „Im Vertrauen sei Ihnen gesagt, daß ich einige Effekten vor dem feindlichen Zugriff habe retten können. Ich glaube nicht, daß sie bei einem Verkauf genug ergeben würden. Und abgesehen von allem anderen sind sie mein Notpfennig. Ich kann meine Familie nicht von allen Mitteln entblößen. Immerhin müssen wir der Tatsache ins Auge sehen, fortgeschickt zu werden. Gesetzt den Fall, ich würde nicht zurückkommen, wovon sollten die beiden Frauen nach ihrer Heimkehr leben?"

„Sehr verständig“, sagte Goudsteen und fühlte ein unangenehm würgendes Gefühl im Hals, das ihn zum Husten reizte. „Ich werde mich also morgen in aller Frühe mit dem Dekan und dem Kammerpräsidenten in Verbindung setzen.“

Er schaute auf seine Armbanduhr und erhob sich. Vor seinen Kollegen brüstete er sich gern damit, daß er jeden Fall in längstens zwanzig Minuten abhandeln konnte, und mit diesem eitlen Professor hatte er jetzt schon beinahe drei viertel Stunden vertan. Außerdem warteten da noch diese anderen Leute auf ihn, und die halbe Nacht würde doch vorbei sein, bevor er nach Hause kam, wohin es ihn drängte. Bei seinen Wirtsleuten wohnte eine junge Studentin, mit der er seit vierzehn Tagen eine Liaison hatte. Zu dem Vergnügen, mit einem recht hübschen Mädchen im Bett zu liegen, kam das angenehme Gefühl, um der Liebe willen ein Held zu sein. Denn er täuschte sich nicht, daß ihm im Falle des Erwischtwerdens das Konzentrationslager sicher war, denn sie war Nichtjüdin.

Er winkte einen Jungen heran, der das Gepäck nach oben bringen sollte, dann hatte er einen großzügigen Augenblick und hängte sich den Rucksack des Professors selbst über die Schulter.

Der kleine Zug bewegte sich der Treppe zu, dorthin, wo die andern Waterdragers saßen.

„Kommen Sie mit, Fräulein Annabeth“, sagte Goudsteen und blieb vor dem Mädchen stehen. „Sie schlafen im ersten Rang.“

Annabeth, die Hand in Hand mit Ben saß, hob, wie aus tiefem Traum erwachend, den Kopf.

„Komm, Ben. Man scheint jetzt endlich gewillt zu sein, uns schlafen zu lassen."

„Nein", sagte Goudsteen eifrig. „Dieser Herr muß unten bleiben. Er ist noch nicht aufgenommen."

Ben sackte schweigend auf seinen Stuhl zurück.

„Das können seine Eltern für ihn besorgen. Sie sehen doch, Goudsteen, in welchem Zustand er ist."

Annabeths grüne Augen sahen aus wie die einer zornigen Katze. Goudsteen fand sie plötzlich sehr reizvoll und überlegte, ob man ihr nicht doch heraushelfen könnte.

„Dieser Herr kommt gar nicht nach oben", sagte er. „Straffälle bleiben im Parkett."

„So", rief Annabeth und konnte sich kaum beherrschen, „So, dieser Herr ist ein Straffall! Wer bestimmt das denn eigentlich?"

Goudsteen duckte sich zusammen.

„Nicht ich", murmelte er, „wahrlich nicht ich."

Er wies mit der Hand nach Bens Stirne: „Sehen Sie doch selbst. Der begleitende Rechercheur hat ihn als Straffall eingeliefert. Wird sich wohl gewehrt haben."

„Ich war untergetaucht", sagte Ben mit schwerer Zunge. „Man hat mich zufällig in der Wohnung meiner Eltern gefunden."

„Na, sehen Sie." Goudsteen war zufrieden, als wären durch dieses Bekenntnis alle Schwierigkeiten wie weggeblasen. „Sie haben es übrigens unten nicht schlechter", fügte er gutmütig

hinzu, „und später wahrscheinlich auch nicht. Es ist nur der Ordnung halber.“
Annabeth haßte Goudsteen, sein dickes Gesicht mit dem genießerischen Mund, seine braunen Kugelaugen und seine Glatze. Sie saß mit steifem Rücken und rührte sich nicht.

Salomon und Henny beobachteten sie voll Unruhe. Sie schien willens zu sein, bei diesem fremden Jungen zu bleiben, und sie wußten aus reichlicher Erfahrung, daß gegen Annabeths Willen nichts zu machen war. Sie hatte sich noch niemals nach anderen gerichtet, aber es hatte auch noch nie jemand von ihr erwartet, daß sie sich anständig benähme.

Doch unvermutet, während alle peinlich schweigend auf sie sahen, stand Annabeth auf und streichelte Bens Ärmel: „Morgen früh komme ich zu dir“, sagte sie mit ihrer leicht gebrochenen Stimme, dic viele Männer solange für zärtlich gehalten hatten, bis sie das Gegenteil erfahren mußten, und dann tat sie noch ein übriges und machte vor den alten Waterdragers aus der Jodenbreestraat eine höfliche Reverenz.

Sie hängte sich in Henny ein: „Komm, Mam. Du siehst schon ganz elend aus. Und an den Strohsack wirst du dich auch erst gewöhnen müssen.“

„Strohsack, meinst du wirklich?“ fragte die Mutter ahnungslos.

„Strohsack mit Flöhen, Mam.“

Es stimmte. Ein scharfer Geruch von Kreosot und ungewaschenen Körpern schlug ihnen entgegen. Bevor sie aber, über viele Schläfer hinweg, zu ihren elenden Matratzen tappen konnten, mußten sie sich trennen.

Salomon schlief eine Etage höher bei den Männern.

Henny klammerte sich an seine Hand fest, die sie so selten im Leben losgelassen hatte, und Tränen liefen ihr über das eingefallene Gesicht.

Er redete ihr beruhigend zu, sie habe doch Annabeth, auch sei die Nacht und damit die Zeit der Trennung sowieso nicht mehr lang. Sie fraß seine tröstenden Worte gierig in sich hinein, und so war es nicht die zerfahrene, hilflose Henny, sondern Salomon selbst, der in dieser ersten Stunde alle Qualen der Einsamkeit erlitt.

Er warf sich auf seinen Strohsack, ohne ihn irgendwie zurechtzulegen, denn er hatte zwar gelernt, allein zu denken, nicht aber, nur den geringsten praktischen Handgriff für sich zu tun. Die Wolldecke war ihm erst zu heiß, doch nachdem er sie abgestrampelt hatte, begann er zu frieren, auch machte er ganz und gar erfolglose Anstrengungen, die beißenden Flöhe zu fangen. Er war an eine sehr weiche, sehr saubere Bettwäsche gewöhnt und an Henny, die nach Lavendelwasser roch.

Der Gestank und die Hitze quälten; am schlimmsten aber war das sägende Schnarchen um ihn herum. Auf einmal begannen die Nachbarn ihn wegen seiner Unruhe zu beschimpfen und weckten durch ihren Lärm die weiter entfernt Schlafenden auf. Ein drohendes Raunen erhob sich, Salomon lag verängstigt, steif wie ein Brett. Er dachte an Gott, zum erstenmal seit dreißig Jahren. Es war nicht leicht, selbst wenn man einen so geschulten Verstand hatte wie der Autor des Kommentars zum Strafgesetzbuch, sich mit etwas auseinanderzusetzen, das so lange vernachlässigt gewesen war und nur als Redensart bei Antrittsvorlesungen und Beerdigungen hatte herhalten müssen. Salomons Gott war verstaubt. Er begann an Ihm herumzuputzen, denn es interessierte ihn plötzlich brennend, zu wissen, was es mit diesem verstaubten Etwas auf sich hatte, ob es brauchbar war oder ein Götzenbild.

Gab es Ihn denn? Salomon konnte sich nicht erinnern, Ihm je in den Pandekten begegnet zu sein. Er hatte die tiefgründigen Überlegungen zum Strafrecht vortrefflich ohne Ihn zuwege gebracht. Es war ein humaner Kommentar zu humanen Gesetzen, so wie sie in einem Lande entstehen, in dem nach Tradition und alter Gepflogenheit der Staat um der Menschen willen da ist. Waterdrager hatte die Humanität bewußt und scharf beleuchtet nach vorn gestellt, und sein Herz klopfte jedesmal wie bei einem verliebten Primaner, wenn er an den vielzitierten Satz seines Vorwortes dachte, in dem er sie das Prinzip der richterlichen Macht nannte. So war ihm der Nationalsozialismus nicht nur verhaßt, weil er die Juden verfolgte, sondern tiefer und ursprünglicher noch wegen seiner menschenverleugnenden Haltung. Aber diese Feindschaft, dieses stumme, verachtungsvolle Ablehnen hatte sich bis jetzt für Salomon immer im Geistigen, im Abstrakten vollzogen. Heute nacht geschah es zum erstenmal, daß seine Person angetastet wurde. Er hatte es nicht für möglich gehalten. Mit einem Gefühl des Unbehagens mußte er erkennen, daß die Humanität kein Trost war, wenn man schwitzend, frierend und von Ungeziefer geplagt auf einem Strohsack lag. Sie hätte es vielleicht selbst unter diesen unerquicklichen Umständen sein können, wenn man bereit gewesen wäre, für sie zu kämpfen. Doch mit dem Prinzip allein war nichts mehr anzufangen, sobald man sich in der Gewalt eines Gegners befand, der jede Menschlichkeit nur als lächerliche Schwäche verhöhnte.

Salomon war noch nie in seinem Leben so ratlos gewesen. Es kamen ihm ganz merkwürdige Gedanken. So überlegte er sich - und sein Kopf glühte dabei wie im Fieber –, ob der Mensch überhaupt das Recht habe, zu strafen. Verrückt, bin ich denn verrückt geworden? Wer soll denn sonst strafen, wenn der Mensch es nicht tut? Aber was will er damit? Verbessern, die Gesellschaft schützen oder sich rächen?

„Mein ist die Rache“, flüsterte er vor sich hin. Wer ist das: Mein? Ist es der alte Mann mit dem weißen Bart? Der Schöpfer der Welt? Wie hatte man Ihn sich um Gottes willen vorzustellen? Das war ein Lapsus. Gott mußte man sich nicht um Gottes willen vorstellen. Oder vielleicht doch? Wie konnte man es denn überhaupt wissen? Das war sehr heimtückisch und sehr gescheit von Gott, so zu sein, daß man im dunkeln tappte. Das sind schon wieder menschliche Begriffe. Es geht nicht auf. Soll man etwas glauben, was man nicht begreifen kann? Salomons Verstand empörte sich dagegen. Es war der wohlerzogene Verstand des neunzehnten Jahrhunderts. Was man nicht sehen oder betasten, nicht messen und nicht wägen kann, das gibt es nicht. Mephisto spricht. Der Geist, der stets verneint. Der Gegenspieler der Seele, die gerettet wird. Ist Seele nicht der Rest, der nie aufgeht, genau wie Gott?

Salomon hatte ein reines Gewissen. Er hat immer sein Bestes getan. Er wollte gerecht sein. Natürlich in den gewissen

Grenzen, die man nicht überschreiten soll. Vor dem Gesetz sind alle Menschen gleich. Das stimmt und stimmt auch wieder nicht. Sonst wären Kommentare ja überflüssig. Natürlich muß ein Prolet mit anderen Maßen gemessen werden als ein Fabrikdirektor. Ein Revolutionär mit wieder anderen als ein staatserhaltender Bürger. Zu ihrem eigenen und zu des Ganzen Wohl. Nur diese verdammten Nazis werfen alles, was Jude heißt, in einen Topf. Wobei sogar sie feine Unterschiede machen müssen. Wofür gibt es sonst einen Hundertzwanzigtausender? Und doch, dieses Schlaflokal, dieser Strohsack haben es in sich. Professor Salomon Waterdrager wird von Flöhen gebissen. Genauso wie Krethi, Plethi und Vetter Sam. Ist das nun vielleicht göttliche Gerechtigkeit?

„Unsinn", sagte Salomon laut vor sich hin, und sofort begann sein linker Nachbar zu fluchen. Der auf der rechten Seite schien wenigstens eingeschlafen zu sein.

„Nein", sagte Salomon zu sich selbst (jetzt aber leise), „sehr brauchbar ist Gott nicht. Er hilft einem auch nicht weiter in dieser scheußlichen Lage. Und ein Götzenbild scheint Er mir auch nicht zu sein, dazu müßte ich Ihn ja anbeten, was ich doch ganz entschieden nicht tue. Schön wäre es, wenn man das könnte, beneidenswert. Nein, nicht einmal beten möchte ich, nur hier liegen und fühlen, daß ich eins bin mit der Schöpfung und daß es einen Sinn gibt, von dem aus sich alles erfüllen kann. Schön und beneidenswert? Auch das. Aber notwendig, notwendig wäre es vor allen Dingen."

Salomon streckte sich aus, er grunzte ein paarmal, und nach kurzer Zeit schon erklang sein Schnarchen im Chor der anderen mit. Um ungefähr dieselbe Zeit schlummerte auch Henny ein. Sie war nicht einmal besonders unglücklich, wenn sich auch ihr Herz schmerzhaft bei dem Gedanken an all den Schmutz, der sie umgab, zusammenzog. Ein Segen, daß es dunkel war und sie nichts zu sehen brauchte. Sie lag auf eigenen, sorgsam gefalteten Decken, und als Kopfkissen benutzte sie einen seidenen Schal, der nach Zuhause roch. Tatsächlich störte die Idee, daß es hier Ungeziefer gab, sie mehr als die Flöhe selbst. Sie hatte das, was für sie die ganze Welt bedeutete, in ihrer Nähe: Salomon und Annabeth. Da sie sich für nichts und niemanden sonst interessierte, war das furchtbare Geschehen, das sich seit einem Jahr vor ihren Augen vollzog, von ihr fast unbemerkt geblieben. „Warum stellen die Leute sich nur so an?" dachte sie manchmal erstaunt und war zutiefst überzeugt, daß Salomon es schon recht machen würde. Er war ein Professor – für sie der Inbegriff alles Erhabenen – und infolgedessen unfehlbar. Daß sie sich in Todesgefahr befand, kam ihr keinen Augenblick ins Bewußtsein.

Unglück konnte Leuten widerfahren wie den Waterdragers aus der Jodenbreestraat, die waren ja geradezu auf der Welt, um Unglück zu haben. Dabei neigten sie dann auch noch zu schrecklichen Übertreibungen. Damals, vor zwei Jahren, als das mit Jo passiert war – warum wollten diese Menschen eigentlich immer so hoch hinaus, war es nun nötig, daß der Sohn eines Diamantschleifers Geiger wurde, man sah ja, was davon kam –, damals hatte Henny, gleich ungezählten anderen, den Kopf geschüttelt und gesagt: „Ich glaub es nicht. Das ist so ein sadistischer Trick der Nazis. Natürlich schicken sie diese

Berichte nur, um die Angehörigen zu erschrecken. Ein paar hundert kräftige junge Männer sterben nicht so mir nichts, dir nichts.“ Salomon, der diese Ansicht nicht teilte, ließ sie dabei, was sie in ihrem Glauben nur bestärkte, denn sie hielt sein Schweigen für Zustimmung, und nach ein paar Tagen verkündete sie überall: „Wie dumm die Menschen sich anstellen. Natürlich leben die Jungen. Mein Mann sagt es auch.“

Es war vollkommen ausgeschlossen, daß Salomon sie und Annabeth einer Gefahr aussetzte. Merkwürdig genug, daß er mit diesem jungen Schnösel von Offizier nicht fertig geworden war. Der würde morgen ein schönes Donnerwetter bekommen von seinem Chef. Ob diese Frauen hier um sie herum alle so unmöglich ausschauten wie Saartje Waterdrager? So dick und ungepflegt? Nicht angenehm zu denken, daß dies Familie war. Ihr Vater hatte es immer gesagt: „Du machst eine Mesalliance, mein Kind. Du bist eine del Pinto, und die deutschen Juden können uns Portugiesen nicht das Wasser reichen. Auch wenn sie es noch so gern zu uns tragen möchten.“ Er hatte unbändig über den Scherz mit dem Namen seines Schwiegersohnes gelacht. „Vergiß nicht, mein Kind, daß die Frauen auf der ganzen Welt meine Diamanten tragen. Sie nennen mich den großen Abraham. Deinen Salomon kennt kein Mensch. Was ist er denn? Ein Privatdozent. Ein armer Schlucker. Ein Junge aus dem Judenviertel. Aber er hat Grütze im Kopf und kann es zu was bringen. Deshalb bekommt er dich auch.“

Sie hätte jeden anderen haben können. Denn sie war nicht nur reich, sondern auch schön gewesen. Schöner als Annabeth. Nicht so apart vielleicht und nicht so weltgewandt, auch nicht so klug. Aber schöner. Dieser Gedanke, den sie noch nie gehabt hatte, machte Henny ganz ungemein vergnügt, und es hätte nicht viel gefehlt, daß sie in die Hände klatschte wie ein Kind, das eine Puppe geschenkt bekommt.

Freilich war es mit der Schönheit nicht mehr weit her. Wie schnell das vorüberging. Es machte ihr keine Freude mehr, in den Spiegel zu schauen. Viele Runzeln, Säcke unter den Augen und dicke Hüften. Einstmals, ja, da war sie ein bißchen verliebt in sich selbst gewesen. Jetzt wurde sie alt. Eine alte Frau. Man mußte es sich vor sagen, um es begreifen zu können. Henny del Pinto, die kleine, die junge, die reizende Henny del Pinto! Das war gestern. Und heute? Henny Waterdrager. Eine gute Frau, eine gute Mutter, die den Platz freimachte für Annabeth, für das hübsche Kind, das den Männern so gut gefiel, wenn es auch nicht so schön war wie die Mutter einst.

Henny lauschte zufrieden auf Annahbeths gleichmäßig ruhigen Atem, dann drehte sie sich zur Seite, rollte sich zusammen und fiel in Schlaf.

Sie hatte sich getäuscht. Annabeth lag noch wach. Sie wollte nicht schlafen. Sie wollte an Ben denken. Der Gott der Liebe hatte sie mit aller Süße und mit aller Bitternis geschlagen. Sie war zum erstenmal in ihrem Leben glücklich und zum ersten Male traurig.

Sie hatte oft geglaubt, verliebt zu sein, aber es war nie mehr als Tändelei gewesen. Ben hatte kaum ihre Hand berührt. Es genügte, um sie besessen zu machen.

Sie erzählte sich immer und immer wieder ihre und Bens

Geschichte, diese Geschichte, die keine Stunde gedauert und sich vor den Augen so vieler Menschen abgespielt hat.

Daß man die Zeit nicht zurückdrehen kann! Sie möchte ihn noch einmal und immer wieder zum ersten Male sehen, an die Wand gelehnt, schauernd vor Fieber, mit diesem fernen und fast irren Blick. Und wie dann die Augen sich senkten und wieder öffneten und herblickten zu ihr, diese großen, grauen, ein wenig schiefgestellten Augen!

Sie hatte an nichts gedacht, wie sie zu ihm getreten war, als daß sie es tun mußte, und er hatte es ja auch gleich und ohne Erklärung verstanden.

„Ich bin deine Kusine Annabeth Waterdrager." Sie hätte genausogut sagen können: Ich bin deine Schwester oder: Ich bin deine Frau.

Wie sie dann nebeneinandersaßen, hatte sie ihn gefragt: „Glaubst du, daß wir nach Polen geschickt werden?"

„Ja."

„Glaubst du, daß wir sterben müssen?"

„Ja."

„Hast du Angst?"

„Jetzt nicht mehr."

„Aber es wäre gut, zusammen zu leben."

„Wir werden zusammen leben, auch wenn wir sterben."

„Wir können uns nicht einmal küssen."

„Doch, Annabeth, wir werden uns küssen, und wir werden mehr."

„Hier in diesem Haus, vor allen Leuten?"

„Hier in diesem Haus, aber allein."

„Das geht nicht, Ben, das ist unmöglich.“

„Nichts ist unmöglich, Annabeth, wenn man es wirklich will.“

Er drückte ihre Hand an seine Brust.

„Der Tod gehört zum Leben. Aber versprich mir, nicht mehr davon zu reden.“

„Ich rede nicht mehr davon. Doch ich habe nur einen Wunsch: Wenn es sein muß, daß ich die erste bin.“

Mehr sagten sie nicht. Er hielt ihre Hand und sah sie an.

Dann war Goudsteen gekommen und mit ihm die Wirklichkeit.

Oben, vor dem Schlafsaal, während die Eltern sich gute Nacht sagten, kam Lex Groenteman zu ihr, ein kleiner, brauner Junge, der vor drei Jahren ihr Tennispartner im Turnier von Noordwijk gewesen war. Er trug die Armbinde vom Jüdischen Rat.

„Willst du raus?“ flüsterte er ihr zu.

„Mit meinem Vetter da unten zusammen?“

Er zog die Nase in Falten: „Wird nicht zu machen sein. Straffall. Über dich habe ich mit der Leitung gesprochen. Das ist O. K.“

„Allein geh ich nicht.“

„Wie du willst.“

Er war ein wenig gekränkt.

„Aber mach dir keine Illusionen, ihr bleibt doch nicht zusammen.“

„Wir können uns sehen.“

„Vielleicht. Solange ihr in Holland seid.“

„Das ist genug."

„Bist du nicht etwas optimistisch, Annabeth? Ich habe in der letzten Zeit kein gutes Gefühl mehr für Polen."

„Das hab ich noch nie gehabt, Lex. Im übrigen, danke schön. Und denk mal darüber nach, was du für uns beide tun kannst."

Ihr Herz klopfte, wenn sie an Lex dachte. Er würde morgen wiederkommen und übermorgen vielleicht auch. Er war ein geschmeidiger Verführer zur Freiheit. Was würde morgen sein?

Sie wußte es nicht. Sie wußte nichts mehr von sich. Gestern hatte sie sich gekannt, aber heute war sie verwandelt. Die Welt war verwandelt. Die Welt hieß Ben. Sie hatte keinen andern Namen, keinen andern Inhalt, kein anderes Ziel und keinen anderen Gott. Die Welt war dieser dunkle Junge mit dem häßlichen, dickgeschwollenen Striemen.

Dann erinnert sie sich, daß eine alte Zigeunerin in Dalamatien ihr aus der Hand geweissagt hat: „Du wirst einen Liebsten finden, und du wirst mit ihm laufen bis ans Ende der Welt."

„Und dann?"

„Dann?" hatte die Alte gesagt, und die verhornten Lider waren wie bei einer Eule über die Augen gesunken: „Dann? Das weiß ich nicht. Ich lese aus der Hand und nicht aus den Sternen."

Alle haben damals gelacht. Ausgerechnet Annabeth, die Egoistin, wird mit einem Liebsten laufen. Und noch dazu bis ans Ende der Welt. Das ist Unsinn. Jeder Mensch weiß, daß die Erde rund ist und kein Ende hat. Um die Welt reisen in einem Luxusdampfer, ja, das wird Annabeth.

Annabeth weiß es besser. Aber sie ist sich erst heute darüber im klaren, daß sie niemals daran gezweifelt hat. Die andern sind dumm. Weil sie in der Schule gelernt haben, daß die Welt kein Ende hat, meinen sie, es müßte so sein.

Annabeth ist als kleines Mädchen am Ende der Welt gewesen. Die andern sagen, sie hat geträumt. Das kann schon sein. Was kommt es darauf an?

Das Ende der Welt ist eine sanft ansteigende Wiese, ohne Baum, ohne Strauch, mit dürrem, vertrocknetem Gras. Jäh bricht die Wiese ab, wie scharfgestochener Torf, und fällt in schwarze Nacht. Vom Abgrund her, der Welt entgegen, geht langsam ein Zug grauer Menschen, und die vier ersten tragen auf ihren Schultern einen Sarg. Vor dem Ende der Welt kommt der Tod. Annabeth kann sich den Tod vorstellen. Er löscht das Leben aus. Nicht die Liebe. Nichts kann die Liebe zum Sterben bringen.

Wenn sie gläubig wäre, dann würde sie denken: Gott weiß es. Sie ist nicht gläubig. Sie glaubt nicht an Gott. Doch sie ist aus Liebe fromm.

Annabeth liegt wach, die offenen Augen ins Dunkle gerichtet. Minuten vergehen und werden zu Stunden, dann schaltet jemand das Licht ein, und eine verschlafene Stimme ruft: „Aufstehen. Es ist Morgen.“

4

Annabeth ließ das kalte Wasser der Dusche über den Körper laufen. Ihre Brüste sahen von oben gesehen wie zwei große Bälle aus. Aber sie wußte, daß sie in Wirklichkeit klein und schön waren.

Sie hatte ihr hellbraunes Haar unter eine Gummimütze gesteckt. Mit einer harten Bürste schrubbte sie ihre glatte Haut.

Es war beinahe wie zu Hause. Aber dann rüttelte jemand an der Tür, und eine keifende Frauenstimme rief: „Wie lange brauchen Sie eigentlich? Meinen Sie, Sie sind allein auf der Welt?“ Annabeth öffnete. Eine große, dicke Weibsperson trat ein und gab ihr einen Stoß, daß sie nach außen taumelte.

„Eitler Fratz. Ich will mich auch waschen.“ Die Dicke fand es nicht der Mühe wert, die Tür zu schließen. Plantschend ließ sie das Wasser über ihre Fleischmassen strömen.

Annabeth zog die Mütze vom Kopf, als wäre sie ein artig grüßender Junge, und das Haar fiel wieder in Locken auf ihre Schultern. Mit erstauntem Blinzeln über so viel Grobheit ging sie zu Henny zurück, die ihr Gesicht mit Eau de Cologne sauberrieb.

„Ich ekle mich vor dem Wasser hier“, sagte sie weinerlich, „man kann sich ansteckende Krankheiten holen in so einer Duschzelle.“

Annabeth fühlte sich frisch, als wäre sie am frühen Morgen im Meer geschwommen. Sie puderte sich die Nase, sonst brauchte sie nichts, um schön zu sein.

„Ich sehe mich ein wenig hier um“, sagte sie und schlenderte vom Schlafsaal auf den ersten Rang hinaus. Weiter konnte sie im Augenblick nicht kommen, denn dies war so ziemlich der einzige Weg, den man den Gefangenen zugestand.

Hier saßen nur die wenigen Menschen, die schon mit der Morgentoilette fertig waren, und starrten mit müden, kleingewordenen Augen gelangweilt vor sich hin. Die Luft war kaum besser als in dem engen Schlafraum, der penetrante Geruch des Desinfektionsmittels hing über dem ganzen Haus.

Unten im Saal war man beschäftigt, Matratzen über die Bühne wegzubringen. Gedämpfter und doch gleichzeitig sehr intensiver Lärm drang herauf.

Von Zeit zu Zeit rief ein Ansager irgendwelche Weisungen durch das Mikrophon. Die meisten Gefangenen schienen den Text schon zu kennen und lächelten höhnisch, wenn er zu Sauberkeit und Ordnung mahnte.

Annabeth beugte sich über die Brüstung. Eine kurze Zeit lang konnte sie nichts erkennen, und sie fragte sich mit dem Erschrecken, mit dem die Morgenwachheit die schönen Träume auslöscht, ob sie Ben, den kaum Gekannten, herausfinden würde aus dieser Schar junger und dunkler Burschen. Dann sah sie ihn, wie er in einer Reihe mit anderen Jungen stand, die sich die Matratzen zuwarfen.

Sie war zufrieden, ihn arbeiten zu sehen. Gestern wäre er nicht dazu imstande gewesen.

Er verhielt sich stiller als die anderen. Seine Bewegungen waren knapp wie bei einem Soldaten, der gelernt hat, mit seinen Kräften hauszuhalten.

Auf einmal sah er herauf. Ohne zu suchen, blickte er nach der Stelle, wo Annabeth stand. Er hob die Hand zum Gruß. Sie beugte sich weiter nach vorne, zog das Spielzeugäffchen aus der Tasche und ließ es, über die Finger gestülpt, allerlei artige Sprünge und Verbeugungen ausführen. So legte es beteuernd eine Hand aufs Herz, und jetzt winkte es gar mit einem weißen Tüchlein und teilte wie toll geworden Kußhände aus.

Das konnte allen gelten. Ein paar lachten und winkten zurück. Ben schleuderte ernsthaft seine Matratzen durch die Luft. Dabei wandte er die Augen kaum von Annabeth.

Sie trieb das Spiel so lange, bis Salomon und Henny kamen und sich in die erste Reihe neben sie setzten.

Der Professor strich sich das glattrasierte Kinn, das eben erst durch einen geschickten Barbier behandelt worden war und noch angenehm spannte.

„Nun“, sagte er und nahm die Schultern zurück, was ihm ein bedeutendes und würdiges Aussehen gab, „wir sind versammelt, das Stück kann beginnen.“

Henny sah ihn bewundernd an. Der Gute, noch in diesem Augenblick vermochte er zu scherzen. Sie kämpfte tapfer die Unsicherheit nieder, die sie auch nach den siebenundzwanzig Jahren ihres Zusammenlebens ihm gegenüber empfand, und ging auf seinen Ton ein: „Es hat schon angefangen“, sagte sie und deutete auf die Bühne, wo hohe Bretterstellagen zum Aufbewahren von Koffern und Rucksäcken dienten. In der Tat waren dies sehr wirksame, sehr moderne und sehr brutale Kulissen, und die Jungen, die dort unten im blauen Overall standen mit weißer Binde um den Arm und gelbem Judenstern auf der Brust, hätten ohne weiteres einer von jenen Truppen angehören können, die seit zehn oder zwanzig Jahren allenthalben auf der Welt extreme politische Anschauungen, teils von links und teils von rechts, in Sprechchören zum besten gaben.

„Es will mich dünken, daß wir hier selbst die Akteure sind“, sagte Salomon und fuhr dozierend fort: „Ich habe immer viel übrig gehabt für das gute Theater; denn diese so merkwürdig laszive und fast anstößige Kunst der Verwandlung und Maske ist doch zu gleicher Zeit ein schönes und angenehmes Mittel der Bildung. Und doch hätte ich es mir nicht träumen lassen, daß ich selbst einmal gezwungen würde, mitzutun. Das ist unerwartet; wenn es mir vielleicht auch von Gott immer schon vorherbestimmt war und er mir die Rolle von Anfang an zugedacht hat, die ich jetzt spielen muß in dem großen und gewaltigen Drama, von dem noch die Ururenkel Kenntnis nehmen werden mit dem wohligen Entsetzen, das man dem weit zurückliegenden Schrecklichen, zumal aus der eigenen Geschichte, entgegenzubringen pflegt.“

Annabeth spitzte den Mund, als wollte sie pfeifen. Das war eine neue Note, daß der Alte von Gott sprach. So sehr hatte es ihn also gepackt. Sie legte ihm die Hand aufs Knie.

„Armer Dad, seit wann glaubst du denn an Gott?“

„Ich wüßte nicht, mein Kind, daß ich dir je Anlaß gegeben hätte, zu denken, ich sei ungläubig“, sagte Salomon bestimmt und abweisend, schlug ein Bein über das andere, lehnte sich zurück und begann in einem kleinen Buch zu lesen, das er aus der Tasche gezogen hatte. Es war die Lebensbeschreibung des älteren Cato von Plutarch. Nach wenigen Sätzen schon ärgerte er sich über das selbstgerechte Muckertum des Römers, auch verschaffte ihm die elegante und glatte Lösung der lateinischen Perioden heute nicht dasselbe Vergnügen wie gewöhnlich; gelangweilt und leise angeekelt schloß er den Band und schob ihn in die Tasche zurück.

Man konnte hier nicht lesen. Man konnte tatsächlich nichts anderes tun als das, was alle taten: ruhig sitzen und warten, ergeben und geduldig auf das Geschick, das die ordenklirrenden Götter willens waren, über einen zu verhängen. Es war zu denken, daß sie sich nicht so sehr viel Kopfzerbrechen machen würden, die Herren, die nun kraft eigener Anschauung der Dinge hoch oben im Lichte thronten, was mit denen da unten zu geschehen habe. Nicht einmal so viel wie Cato, der immerhin den Preis der Ware wohl kalkuliert und erst die altersschwachen Sklaven veräußert hatte. Sie waren keine Rechner, die neuen Herren, sondern Verschwender, und auf eine Million Leben hin oder her kam es ihnen nicht an. Sklaven brauchten sie zwar, darüber konnte kein Zweifel bestehen, denn die Maschinen mußten auf hohen Touren laufen, aber sie hatten ganz Europa zu ihrer Verfügung, und die Methoden des Menschenfanges ließen nichts zu wünschen übrig. Doch was sollten sie schon mit jemandem beginnen, der wie Salomon von Gallenkrämpfen heimgesucht wurde, wenn er nicht regelmäßig seinen Karlsbader Sprudel trank? Oder mit diesen Alten, Uralten, die hier herumhockten, zahnlos und kopfwackelnd, und zu nichts anderem auf der Welt mehr nützte waren, als zu sterben? Mit Annabeth stand es anders. Sie war jung und stark. Auch wußte man nur zu gut, daß die sklavenhaltenden Völker der Erde für schöne Mädchen jederzeit Verwendung gefunden hatten.

Hier konnte Salomon nicht weiterdenken. Sein Herz schmerzte. Er überlegte sich, ob er Kraft genug haben würde, um wie ein Römer zu handeln und seinem Kind den Dolch ins Herz zu stoßen. Er hatte die Kraft nicht. Seine Hände konnten nur segnen. Jetzt aber zitterten sie, und er verbarg sie erschrocken in seinen Taschen. Dabei schaukelte er, ganz ohne es zu wissen und sehr gegen seine sonstige Gewohnheit der korrekten Haltung, mit dem Oberkörper hin und her, so wie es seine Väter seit vielen Hunderten von Jahren beim Lernen getan hatten.
Dann konnte er das Stillsitzen nicht mehr ertragen, stand auf und ging, ohne Henny oder Annabeth ein Wort der Erklärung zu sagen, auf die andere Seite des Ranges, wo, verschüchtert und still, aber gleichfalls in der ersten Reihe, die alten Waterdragers aus der Jodenbreestraat saßen.

„So, seid ihr auch hier herauf gekommen, das freut mich aber", sagte Salomon, vor ihnen stehenbleibend. „Den Anschein hat es ja nicht gehabt, als ob es so glimpflich mit euch ablaufen würde."

„Der Herr Referent Goudsteen hat das gemacht", antwortete Saartje, bevor der kleine Sam noch den Mund auftun konnte, „er ist nämlich der Sohn einer Freundin von der zukünftigen Schwiegermutter meines Neffen Dan, den sie auch schon weggeschleppt haben, diese Unmenschen."

„Ach", sagte Salomon schwermütig, „der Sohn einer Freundin. Und auch schon weggeschleppt. Ja, ja, ich verstehe. Aber euren Jungen hat er doch unten gelassen."

„Das ging nicht anders. Ben ist ja nicht nur so ein gewöhnlicher Jud, sondern ein Illegaler."

„Schweig!" zischte Sam.

„Red den Ben nicht auch noch um seinen Kopf. Als ob es an dem einen Unglück nicht schon genug gewesen wäre."

„Er glaubt, daß Jo in Mauthausen gestorben ist. Aber es kann doch nicht sein. Er allein, das wäre ja möglich. Aber gleich ein paar hundert auf einmal! Meine Tante Flora hat einen Brief gelesen, der kam aus Rußland und war von einem Mauthausener. Was hältst du davon, Sal, du bist doch ein gescheiter Mann?"

Sie hob den fetten Kopf erwartend zu ihm auf, Salomon betrachtete sie verwirrt, es war viele Jahre her, seit niemand ihn mehr Sal genannt hatte. Damals war diese Frau ein schmales, hübsches Ding gewesen. Aber schöne Augen hatte sie noch jetzt, braun und wie ein ängstliches Reh.

„Gott, Saartje", antwortete er leise, „man weiß es nicht. Aber wahrscheinlich sollte man immer noch hoffen."

Er redete wider seinen besten Glauben. Doch er konnte nicht anders. Der kleine Sam hielt den Kopf gesenkt.

Saartje nickte. Wie aus Dankbarkeit sagte sie: „Was für ein schönes Mädel ist deine Annabeth." Salomon lächelte. Jetzt war er da, wo er hinwollte.

„Launisch ist sie", sagte er, „und sehr verzogen. Sie verdreht den Männern die Köpfe, tut ihnen an einem Tag schön und läßt sie am nächsten stehen."

„Ich weiß, woher der Wind pfeift, Salomon", sagte der kleine Sam ohne aufzusehen, „aber das ist meines Sohnes Sache."

„An euren Sohn habe ich nun gerade nicht gedacht", log Salomon und fuhr sich mit der Hand durchs Haar.

„Überhaupt unter diesen Umständen, das wäre ja noch schöner."

„Unser Ben ist ein sehr gescheiter und ein sehr guter Junge", sagte Saartje stolz. „Er studiert und soll einmal ein großer Mann werden."

In diesem Augenblick hob der kleine Sam den Kopf, sein Gesicht war in Tränen gebadet, er ballte die schmalen Händchen zu Fäusten und schluchzte: „Nichts, nichts wird aus ihm. Sterben muß er, wie wir alle. Vergasen werden sie uns, als wären wir Flöhe und Läuse."

Er war aufgesprungen und schrie. Nicht laut – unten im Saal war es schon nicht mehr zu hören, und Ben erfuhr nichts von dem schmerzlichen und wilden Ausbruch seines Vaters – und auch nicht wie jemand, der sich wirklich zur Wehr setzt.

Er stieß aus rund geöffnetem Mund einen einzigen Ton heraus – schaurig und komisch klang es wie das Endsignal einer Luftschutzsirene, und einige Halbwüchsige in der Nähe fingen an zu lachen.

Salomons Hände zitterten jetzt noch stärker als zuvor. Er verachtete den kleinen Vetter, wenn er sich auch sagte, daß dieser sich durchaus menschlich benahm. Denn sollte es vielleicht nicht erlaubt sein, schreiend und heulend zu protestieren, wenn man weggeschleppt wurde aus dem behütenden Bau des eigenen Lebens, um im besten Fall gezwungen zu werden, Frondienste für den Feind aller Feinde zu tun?

Und doch ist es nicht erlaubt, sagte Salomon zu sich selbst. Der Mensch hat seine Würde zu wahren, sein Gesicht, er ist das Ebenbild Gottes. Er darf nicht schreien wie ein Tier. So einfach muß er es seinem Mörder nicht machen.

„Sei doch ruhig", flüsterte er, „nimm dich zusammen, alter Junge."

Gemeinsam mit Saartje drückte er den Weinenden auf seinen Platz nieder und klopfte ihm auf die Schulter.

„Was du da sagst vom Vergasen, das ist Unsinn, mein Freund. Ich weiß, daß man davon munkelt, aber wovon flüstert man nicht in diesen Tagen? Da wollen die einen von einem unbemannten Flugzeug wissen, die andern von Atomzertrümmerung und die dritten gar von Giftgas gegen die Juden. Das ist Unsinn. Selbst wenn sie es wollten, ginge es technisch nicht. Da müßten sie ja Fabriken haben, richtige, große Fabriken zur Vernichtung von Menschen. Und davon sollte man dann nichts gehört haben? Glaubst du das ernsthaft?"

Sam schüttelte den Kopf. Eigentlich glaubte er auch nicht so ganz richtig daran, und er schämte sich sehr.

Salomon fühlte sich erleichtert und überlegen. Diese Menschen, die waren ja furchtsam und abergläubisch wie die Wurzelweiber. Und hatten nicht einen Funken Verstand. Sie nahmen die Hölle wörtlich. Vergasen? Das war ja zum Lachen.

„Ich muß zu meinen Damen zurück", sagte er liebenswürdig. „Aber wir werden uns schon noch sehen im Laufe des Tages. Obwohl ich mit unsrer baldigen Freilassung rechne. Wir sind einem Irrtum zum Opfer gefallen und auf Grund einer Verwechslung hier."

Mehr zu sagen hielt er nicht für dienlich. Man konnte nie wissen, zu welchen Intrigen die Jodenbreestraat fähig war.

Noch bevor er sich jedoch richtig verabschiedet hatte, rief es durchs Mikrophon: „Salomon Waterdrager. Zum Referenten kommen."

Sam fuhr in die Höhe. Salomon winkte ab: „Inkommodier dich nicht. Das bin natürlich ich." Der kleine Sam nickte, als könnte es gar nicht anders sein. Auch Saartje wagte keinen Widerspruch, und so schritt Salomon, aufrechten Hauptes, mit der Feierlichkeit, die er sich beim Betreten des Katheders angewöhnt hatte, davon.

Der Referent, der im Damenschlafsaal tagte und heute nicht Goudsteen, sondern Silverberg hieß, war ein kleiner, schon ergrauter Mann, mit einer Künstlerlocke über der Stirn, die Salomon völlig grundlos, aber desto intensiver reizte.

„Sie haben mich rufen lassen", sagte er spitz. „Was wollen Sie von mir?"

„Herr Waterdrager, nicht wahr? Ich habe gute Nachricht für Sie. Ihre Festnahme scheint eine leidige Namensverwechslung gewesen zu sein."

„Ich wußte es", sagte Salomon und blickte auf seine Hände, um die Künstlerlocke nicht sehen zu müssen.

„Sie haben hier einen Vetter gleichen Namens. Auf den hat man es abgesehen. Er scheint den Hauptsturmführer geärgert zu haben."

„Ich wußte es", sagte Salomon noch einmal.

„Gleich von Anfang an. Ihr Kollege Goudsteen wollte es nicht glauben."

„Herr Goudsteen ist selten eifrig, dann aber zu sehr", sagte Silverberg vergnügt.

„Können wir nach Hause gehen?" Salomon fühlte sein Herz gegen die Rippen toben. Denn so ganz sicher war er seiner Sache doch nicht gewesen.

„Geduld, Geduld! Heute abend oder spätestens morgen nach dem Transport."

„Das ist verteufelt lang."

Silverberg hob bedauernd die Hände: „Es kommt vor, daß Menschen viele Wochen hierbleiben müssen. Von einem Transport zum andern werden sie zurückgestellt."

„Das kann also auch mit uns geschehen?"

„Nein, keinesfalls, Herr Waterdrager. Sie sind viel zu unentbehrlich."

Salomon fühlte ein leises Stechen in der Brust. Es irritierte ihn zutiefst, daß dieser Bursche stets Herr Waterdrager sagte. Er war daran gewöhnt, „Professor“ genannt zu werden. Auch empfand er das Wort „unentbehrlich“ als Hohn. Für wen oder was sollte er unentbehrlich sein? Jetzt, da das Recht der bloßen Faust ganz ohne Kommentar regierte?

„Wieso unentbehrlich?“ fragte er und trommelte mit der Hand auf den Tisch.

„Na, na, Herr Waterdrager, nicht so bescheiden. Nach all den Telefonanrufen, die ich bekommen habe, scheinen Sie doch eine sehr gewichtige Persönlichkeit im Diamantarbeiterbund zu sein.“

„Diamantarbeiterbund?“ Salomon öffnete seinen Mund und klappte ihn wieder zu. Er sah wie ein Fisch aus, der auf dem Trocknen liegt.

„Ja, natürlich, wer denn sonst?“

„Wer denn sonst?“ Salomon fing hysterisch an zu lachen. „Der Dekan der Universität zum Beispiel. Oder der Präsident des Gerichts. Oder die ganze juristische Fakultät.“

Er brüllte den Referenten an: „Ich bin Professor Dr. Salomon Waterdrager und habe nichts mit Diamantarbeitern zu tun!“

Silverberg war blaß geworden: „Da haben sie mir tatsächlich den Falschen geschickt.“

„Der Falsche“, sagte Salomon, und Speichel lief ihm aus dem Mund, „natürlich bin ich der Falsche in einem Zeitalter, in dem das Recht auf dem Kopf steht. Sie wollen mir also sagen, daß Salomon Waterdrager, der Diamantschleifer, unentbehrlich ist?“

„Es scheint so“, flüsterte Silverberg unglücklich. Salomon stützte den Kopf in die Hände. Es war erst in diesem Augenblick, daß er die Welt nicht mehr verstand.
Die Rangordnung geriet in Verwirrung. An ihr hatte er nicht gezweifelt, sogar nicht in der schwachen und leicht sentimentalen Stunde der Gottessuche.

Es krachte in den Fundamenten. Hatte man dafür, für diese schreiende Ungerechtigkeit, für diese Verdrehung aller Werte sein Leben in reinem Bemühen zugebracht? Wahrlich, jetzt war das Jahrhundert der Barbarei hereingebrochen.

Er haßte Sam und Saartje, als wären sie die Erfinder von all dieser Greuel. Und es war ihm geradezu eine Erleichterung, als er sagte: „Die werden auch nicht freikommen mit ihrem Sohn, der ein Straffall ist.“

„Wirklich?“ fragte Silverberg betroffen und sah in seinen Akten nach.

„Benjamin Waterdrager“, half Salomon dem Suchenden und verbarg seine Freude nicht. „Student der Medizin, organisierter Kämpfer des Widerstandes.“

„Davon steht hier nichts.“

„Ich weiß es aber.“

„Wie wäre es, Herr Professor“, sagte Silverberg, und seine Locke wippte hin und her vor Entrüstung, „wenn Sie Ihr Wissen für sich behalten wollten?“

Salomon zog die Schultern hoch, als würde er geschlagen. Es war aber nicht dieser kleine Mann mit dem wehenden, grauen Haar, der ihn züchtigte; das Schicksal selbst, das Leben, das ihm bisher so gut gewesen war, hieb auf ihn ein.

Was hatte er sich nicht alles zugute getan über seine Humanität; wie angenehm und behaglich war es, nach der strengen und schönen Arbeit des Geistes ein vorbildlicher Mensch und Bürger zu sein. Das Haus der Behütung und Würde fiel zusammen bei der ersten Berührung mit dem Scheußlichen, und sobald man nur den furchtbaren und magischen Kreis des Unmenschlichen betrat, sei es freiwillig oder gezwungen, wurde man selbst zum Unmenschen. Schrecklich und tief war der Sturz; mit wehem und begreifendem Bewußtsein mußte Salomon die eigene Höllenfahrt erleben.

„Sie sind eine Gefahr für die Gemeinschaft, diese Kerle, die sich selbst als Helden fühlen", sagte er böse, aber es war schon nicht mehr recht deutlich zu verstehen, und der Satz ging mit einem leisen Klageruf zu Ende. Er preßte das Taschentuch vor den Mund.

Silverberg lief erschrocken nach einem Glas Wasser; als er zurückkam, lag Salomon, das grünlichgraue Gesicht nach oben gedreht, auf der Erde.

Doch war er nicht ohnmächtig, und als der Referent sich über ihn beugte, lallte er: „Nichts sagen. Nichts meiner Frau sagen."

Er klammerte sich an Silverberg fest und ließ sich von ihm in die Höhe ziehen. Gespenstisch vogelhaft, mit eingefallenen Wangen und stark hervorspringender Nase, schlurfte er taumelnd durch den Schlafsaal der Frauen, hinaus auf den Balkon. Jetzt muß ich vor Henny hintreten, dachte er verzweifelt, und ihr sagen, daß ich sie nicht beschützen kann. Der da drüben jedoch, der kleine Sam, der hilft seiner Frau heraus.

Ein Glück nur, daß Annabeth dabei war mit ihrem kühlen Spott. Sein Kind, sein Augapfel, würde begreifen, wie tief er gedemütigt war.

Als er aber zu Henny kam, fand er sie allein. Kurz vorher hatte ein Junge Annabeth am Ärmel gezupft und ihr zugeflüstert: „Komm mit mir. Ben erwartet dich."

5

Wieviel pathetische, dumpf gerollte, gelispelte und im hohen Diskant herausgeschriene Liebeserklärungen hat diese Bühne schon mit angehört, über die Annabeth jetzt mit ihrem Begleiter geht? Denn fast alle Stücke auf der Welt handeln von Liebe; selbst in dem unseren, das doch vom Haß entworfen und von der stumpfesten Menschenverachtung ausgeführt ist, spielt sie ihre wichtige Rolle. Annabeth, das Mädchen mit den hellbraunen Lochen und den schmalen Hüften ist nichts als Liebe, wie sie so eilig über die schlecht gefegten Planken geht, und wir dürfen es glauben, daß noch niemals so viel echte Leidenschaft und Sehnsucht einen Gang in diesem Haus der Schminke und des Scheins beflügelt hat. Allerhand Hochzeitslager waren hier schon aufgebaut: hohe gotische Hallen und moderne Schlafzimmer, schmierige Absteigequartiere und vielleicht auch ein aus grüner Pappe ausgeschnittener Wald. Keines aber war so armselig wie die Requisitenkammer, in der die nach Kreosot stinkenden Matratzen zu hohen Stapeln aufgeschichtet sind. Und doch hat keines so viel Seligkeit gekannt.

Auf der Bühne fällt der Vorhang, sobald das Paar allein gelassen wird. Und so wollen auch wir es halten mit dem alten Brauch und zugleich mit dem Jungen, der Annabeths Führer war, draußen bleiben, wenn sie eintritt in die Dunkelheit, aus der Ben ihr entgegenkommt wie ein schwarzer Turm. Der Junge draußen lächelt: ein wenig verlegen und ein wenig zufrieden, weil ihm der Streich gelungen ist, aber zugleich hat er feuchte Augen vor Mitleid mit den zweien da drinnen, die sich eine Stunde lang lieben dürfen und dann auseinander müssen, hineingestoßen in ihr mörderisches Schicksal. Wahrscheinlich hat er auch Mitleid mit sich selbst, denn er weiß nicht, wie lange es noch dauert, daß er hier frei ein- und ausgehen kann; er ist ein Jude so gut wie sie, verurteilt zum Sterben. Wir mögen mit ihm lächeln und mit ihm feuchte Augen haben, und wenn es vielleicht auch nicht aus Mitleid ist, so doch aus Begeisterung. Wir wissen etwas, was der arme, kleine Judenjunge, der um sein eigenes Leben zittert, in diesem Augenblick nicht begreifen kann: daß es nicht so sehr darauf ankommt, ob einer Erfüllung kurze oder lange Zeit gegeben ist. Der große Bruder Tod steht mit dabei an jedem Liebeslager. Dort, wo er erkannt und mit einbezogen wird in den heißen Rausch der Umarmung, löschen Not und Qual und das Schlechte aus, das auf der Welt besteht, und die es in sich vollziehen können, Ben und Annabeth, sind gesegnet, welch Fluch der Menschen auch immer auf ihnen lastet.

Aber wir haben sogar einen höchst realen Grund, um zu lächeln und zu hoffen, und auch diesen weiß der Junge vor der Türe nicht. Doch Ben weiß ihn, und irgendwann in dieser

Stunde wird er ihn Annabeth ins Ohr flüstern: Die Freunde nämlich, die Kameraden draußen, haben ihm eine Botschaft hereingeschmuggelt, daß sie ihn nicht im Stich lassen werden. Wahrscheinlich wird es nicht möglich sein, ihn aus dem Theater herauszuholen, dafür ist er zuviel schon aufgefallen. Aber während des Transportes, der bis zum Zug in großen Lastwagen vor sich geht, in denen die Gefangenen auf Querbänken sitzen, muß es geschehen. Wenn man es nur fertigbringt, einen Eckplatz zu ergattern, kann man an einer scharfen Kurve hinausspringen. Dort warten die Freunde in einem Wagen. Es ist ganz einfach, nur Mut gehört dazu, und den hat Ben oft genug gezeigt.

Er denkt weiter. Wo einer springen kann, können es auch zwei. Annabeth ist jung und sportlich geübt. Die Freunde werden froh an ihr sein. Sie sieht kein bißchen jüdisch aus, und Frauen sind als unauffällige Überbringerinnen von Nachrichten und Material bitter nötig.

Die Eltern? Nein, die Eltern können nicht mit. Oder will man sich vielleicht Salomon vorstellen, wie er aus einem fahrenden Auto springt? Und Henny, die Angst vor allem hat, vor dem ein Mensch nur Angst haben kann? Es ist keine Zeit, um sentimental zu sein. Jeder muß für sich selber sorgen. Ben und Annabeth sind jung. In dieser Stunde des schweren, süßen Glückes versinkt die ganze Welt.

Aber wenn auch die Liebenden die Welt vergessen, so denkt doch die Welt an sie. Sie wählt sich dazu Salomon aus, den schwer Gekränkten und ganz von Sinnen Gekommenen, der nicht gewillt ist, die Grillen und Launen seines Augapfels noch hinzunehmen wie früher. Das Mädchen hat sich hier nicht herumzutreiben. Er findet ihr Benehmen anstößig. Dieser Junge hat sie behext. Innerhalb einer Stunde – einer fürchterlichen allerdings, mit Einbruch der Ordnungen und Höllensturz – ist der aufgeklärte Geist des Kommentators zum Strafgesetzbuch bereit, an Zauberei zu glauben. Was ihm bis jetzt im Leben zugestoßen ist, war mit Vernunft zu klären und in Ordnung zu bringen, doch hier in diesem Hause wohnt der Teufel. Er hält Salomon in seinen Klauen fest, ganz ebenso wie den geschniegelten Offizier und den schiefgesichtigen SS-Mann.

Der Professor wendet sich von Henny ab, dem ersten besten zu, der neben ihm sitzt: „Haben Sie meine Tochter nicht gesehen?"

Der magere, bebrillte Mann sagt unfreundlich: „Wieso soll ich Ihre Tochter kennen?"

Doch Salomon läßt nicht locker: „Oder vielleicht einen jungen Mann, Ben Waterdrager, mit einem Striemen über der Stirn? Er ist ein Illegaler." Jetzt ist es heraus, dies Wort, das Silverberg nicht ausgesprochen haben will und das Salomon doch gebrauchen muß, wie einer, der das Kreuz vor einem Zauber schlägt. Immer und immer wieder stößt er es hervor bei seinem Amoklauf nach Annabeth. Niemand hat sie, niemand hat den Illegalen mit dem Striemen über der Stirn gesehen. Salomon fragt jeden, der ihm über den Weg kommt, er sieht die Menschen nicht an, spricht gleichsam ins Leere hinein und bemerkt auch nicht, wie der Schiefgesichtige in Uniform neben ihm steht. Der hört sich die Fragerei eine

Weile mit an, dann geht er mit schweren, langsamen Schritten ins Büro, wo der Hauptsturmführer gerade eine Vernehmung durchführt.

Der mit Blindheit geschlagene Salomon sieht auch das nicht. Aber die Welt scheint jetzt genug getan zu haben gegen die Liebenden, der Dämon läßt den Frager los; ein müder, alter Mann kehrt an seinen Platz neben Henny zurück.

Als der Hauptsturmführer Ben sprechen will, ist er schnell zu finden. Auf einmal wissen alle Jungen vom Jüdischen Rat, wo er steckt, und sie haben es sehr eilig, ihn zu holen, bevor die SS ihn aufstöbert.

Aus der dunklen Requisitenkammer wird Ben in das taghelle, große Büro gebracht. Die Sonne zeichnet goldene Kringel auf den Schreibtisch, hinter dem der junge Hauptsturmführer sitzt. Er hat eine glatte, helle Jungenstirn unter sorgfältig nach hinten gestrichenem blondem Haar und blaue, gleichgültige Augen. Sein Mund ist weich, aber dieser Eindruck wird durch die starre, soldatische Haltung und die tadellos sitzende Uniform wieder wettgemacht.

Das Verhör wird sehr korrekt geführt. Die Reitpeitsche, die inmitten der goldenen Kringel auf dem Schreibtisch liegt, ist nichts anderes als das Attribut eines vornehmen und mächtigen Herrn, der es nicht nötig hat, brutal zu sein.

Seine Stimme ist leise, doch spricht er langsam und pointiert, damit der Holländer ihn auch bestimmt verstehen kann.

„Sie heißen Benjamin Waterdrager?“

„Ja.“

„Sie sind ohne Stern und mit einem gefälschten Ausweis nach Sperrzeit in die Wohnung Ihrer Eltern gekommen?“

„Ja.“

„Ihre Eltern waren nicht auf Ihr Kommen vorbereitet?“

„Nein.“

„Gut“, sagt die leise Stimme zuvorkommend, „wir wollen Ihre Eltern hier zunächst aus dem Spiel lassen.“

Das kann ein Trick sein. Aber Ben nickt dankbar und sieht den anderen mit weitaufgerissenen grauen Augen an.

„Woher sind Sie gekommen, als Sie zu ihren Eltern gingen?“

„Von der Straße.“

„Und vorher?“

Ben schweigt.

Der Hauptsturmführer wechselt sofort das Thema.

„Sie gehören einer Organisation an?“

„Nein.“

Der Hauptsturmführer lächelt.

„Junger Mann“, sagt er, obwohl er kaum älter ist als Ben, „versuchen Sie hier nicht den Helden zu spielen. Sie sind es nicht.“ Und er deutet mit der Hand auf die eigene, glatte Stirn.

Bens Striemen schwillt an und wird röter.

„Wir haben Zeugenaussagen“, spricht der Hauptsturmführer weiter, „aus denen hervorgeht, daß Sie der Illegalität angehören.“

Ben schweigt.

„Sie wollen nicht reden?“

„Nein.“

„Ihr Juden habt doch sonst ziemlich viel Phantasie. Ich würde Ihnen raten, sie zu gebrauchen, wenn Sie über Ihr Schicksal nachdenken."

Ben beißt sich die Lippen blutig und weiß, daß dies ein lächerlicher Anblick ist.

Der Hauptsturmführer nimmt die Armbanduhr vom Handgelenk und legt sie vor sich auf den Tisch.

„Drei Minuten", sagt er gelangweilt und gähnt dabei.

„Ich habe noch mehr zu tun."

Es ist ganz still im Zimmer, nur weit entfernt hört man die dumpfen Geräusche, die dies Haus fortwährend schütteln. Ben steht sehr gerade, aber er kann es doch nicht verhindern, daß von Zeit zu Zeit ein Schauer durch seinen Körper geht wie am Abend vorher. Auch hat er jetzt keine Wand, gegen die er sich lehnen kann, und seine Hände greifen ein paarmal ins Leere, bevor er sie, zu Fäusten geballt, in den Taschen vergräbt.

Der Hauptsturmführer sagt nichts über diese vorschriftswidrige Haltung, er sieht seinen Gefangenen überhaupt nicht an, sondern putzt sich die ohnehin schon sauberen Nägel mit einer langen Feile.

Schweiß steht auf Bens Stirn. Er bekommt keine Luft und atmet laut und schwer.

„Was sage ich, wenn die drei Minuten um sind?" denkt er verzweifelt. „ Gibt es keinen Ausweg?" Aber er weiß ganz genau, daß es keinen gibt.– „ Hasse ich ihn?" fragt er sich und wünscht sich, hassen zu können. Doch sein Herz ist viel zu voll von Liebe und hat für nichts anderes Platz.

Vielleicht hat er Jo getötet, versucht er sich aufzuputschen. Auch dies verfängt nicht. Vielleicht wird er Annabeth morden. Doch das ist zum Lachen. Annabeth mordet keiner, der sie je gesehen hat.

Auf einmal ist sie da, in diesem Raum, dort steht sie, dicht beim Fenster, und hält das braune, schmale Knabengesicht gesenkt und lächelt mit dem süßen Mund und hat die Augen voll Tränen.

Egmont, letzter Akt, letzte Szene, spottet Ben über sich selbst. Klärchen erscheint als Freiheit.

Zugleich würgen ihn Tränen im Hals. Annabeth ist die Freiheit. Seht ihr sie nicht, wie unbeschreiblich hold sie ist, die Geliebte? Schöneres kann es nicht geben. Sie sehen sie nicht, weder der Hauptsturmführer noch der Schiefgesichtige, der unbeweglich neben Ben steht.

Man muß lieben können, um die Freiheit zu sehen. Annabeth wendet sich ab, tränenden Auges, sie hat nichts zu suchen in diesem Haus, in dem die kalte Menschenverachtung regiert. Aber dann winkt sie noch einmal zurück und lächelt Ben zu.

Jetzt ist sie fort. Zwischen den goldenen Kringeln liegt wie ein dicker, schwarzer Strich die Peitsche. Ben preßt die Zähne zusammen, um nicht zu schreien.

Da hebt der Hauptsturmführer den Kopf: „Nun?“ fragt er und sieht Ben in die Augen.

Ben nimmt die Hände aus den Taschen unter diesem Blick und schweigt.

„Es tut mir leid", sagt der Hauptsturmführer mit der höflichen Gelassenheit eines Engländers, der sein *I am sorry!* flüstert, wenn er aus Versehen an einen Passanten gestoßen ist.

Ben geht neben dem Schiefgesichtigen die Treppe hinab. Die Knie knicken ihm ein paarmal ein, aber im großen und ganzen kommt er in anständiger Haltung hinunter.

Er wird in eine kleine Zelle geführt, die in Theaterzeiten als zweite Kasse diente. Es ist so eng hier, daß es einem den Atem verschlägt.

Drei Kerle in Uniform wachsen vor ihm auf. Drei Riesen. Sie haben Stöcke in den Händen. Es ist kein Platz da, um zurückzuweichen, und Ben wirft die Arme schützend über den Kopf.

Es ziemt sich ebensowenig, vom großen Schmerz zu sprechen, wie von der großen Lust. Nichts anderes bleibt zu erzählen übrig, als daß Ben schweigt, bis er bewußtlos zusammenbricht. Dann schleppen ihn zwei Soldaten hinauf ins Krankenzimmer.

6

Von Zeit zu Zeit gefiel es dem Hauptsturmfiihrer, spät am Abend in der Kantine des Theaters zu saufen. Er saß dort mit ein paar Untergebenen zusammen und trank den ausgezeichneten Wein, den ihm die Juden vorsetzten. Zuweilen kam es vor, daß er einen oder zwei von ihnen, die höhere Posten beim Jüdischen Rat hatten, zu sich an den Tisch winkte.

Dann redeten sie über das, was ihnen am Herzen lag: über die Deportation der Juden. Sie wendeten den schnoddrigen Jargon von Kaufleuten an und erzählten sich die neuesten Witze von der Börse. Natürlich waren sie mißtrauisch gegeneinander, wie Vertreter von Konkurrenzfirmen, die bei einem Geschäft einen Dritten hereinlegen und doch für sich selbst noch genug herausschlagen wollen. Der Dritte war in diesem Falle Himmler oder der deutsche Staat. Die Deportation der Juden aus Holland sollte so schnell wie möglich durchgeführt werden. Die hier aber ließen sich Zeit. Der Hauptsturmführer und der Vertreter des Jüdischen Rates hatten alles Interesse daran, daß es langsam ging. Am Ende wartete auf den einen die Front, auf den anderen das Konzentrationslager. Um den Dritten übers Ohr zu hauen, feilschten sie miteinander.

Sie warfen mit Zahlen um sich, und weil sie der Sache ein rechtes Gesicht geben wollten, hängten sie den Zahlen Eigenschaften an, die recht bedeutungsvoll schienen: „Es sind sieben dabei, die einen Jüdischen-Rat-Stempel haben. Und fünfzehn sind wehrmachtgesperrt. Und drei haben einen Hundertzwanzigtausender."

In Wirklichkeit hieß das: „Müssen es heute 300 sein? 275 sind auch genug."

„290."

„Vielleicht doch nur 280?"

„285. Aber das ist mein letztes Wort."

Und dabei blieb es. 285 gingen auf Transport.

Doch es waren gar keine Zahlen. Es waren Männer, Frauen und Kinder mit dunklen, großen, schwermütigen Augen, Pelzarbeiter und Bankiers, Lumpenverkäufer und Gelehrte, Diamantschleifer und Fabrikanten. Es waren Menschen, die haßten, und Menschen, die liebten. Ja, Menschen, die liebten, waren es vor allem, denn wenn sie überhaupt einen gemeinsamen Zug hatten, diese aus vielen Völkern Stammenden, Herumgestoßenen und von alters her Verfolgten, so war es eine gewisse Menschlichkeit, eine Humanität, die, oft nur den Allernächsten gegenüber angewandt, leicht etwas von einer rührenden Karikatur bekam, die aber selbst noch in der verzerrtesten Form den Hoheitsglanz der Liebe trug. Da stapften sie dahin auf schwachen Füßen und schleppten auf den gebeugten Rücken schwere Rucksäcke mit sich fort.

Demütig und dumm stolperten sie hinaus in die schwarze Nacht, und fast keiner ahnte, was ihn erwartete, weil sie vielleicht zu Gaunern, nicht aber zu Mördern taugten und füglich auch gar nicht auf den Gedanken an Mord verfallen konnten. Nicht für nichts hatten sie einige tausend Jahre früher Gott erfunden und waren dieser Findung durch die Zeit hindurch treu geblieben, mit einer geradezu haarsträubenden und verbissenen Hartnäckigkeit. Sie waren ein sehr lebendiger, aber ebenso aufdringlicher Anachronismus und ein Dorn im Auge für diejenigen, die glaubten, daß vor ihnen selbst noch nichts auf der Welt bestanden habe.

Um 275 oder 300 Menschen also feilschten Hauptsturmführer und Jüdischer Rat. Ursprünglich waren es noch einige mehr gewesen. Doch diese wenigen hatte der Jüdische Rat auf eigene Faust wieder entlassen, wenn auch nicht durch die Vordertür an der SS-Wache vorbei, so doch durch einen dunklen Gang, durch den früher die Schauspieler von der Straße direkt zur Bühne gelangt waren. Natürlich wußten die Deutschen von diesen Schiebereien, und meistens drückten sie die Augen zu. Da es aber auch vorkam, daß sie zuschlugen, und dann tatsächlich das eintrat, was der ängstliche Goudsteen angedeutet hatte, daß Mitglieder des Jüdischen Rates selbst, gut gesperrte und sich noch sicher wie in Abrahams Schoß wähnende Mitglieder, auf Transport gestellt wurden, war es nötig, die Götter von Zeit zu Zeit in der Kantine bei guter Laune zu halten.

Der Hauptsturmführer hatte sich am Tage geärgert. Hier einen Gefangenen schlagen lassen war nicht angenehm.

Zu dicht lebte man bei der Zivilisation, und diese rabiaten Holländer machten einem das Leben schwer genug. Zudem war er kein Sadist. Seine Order bestand darin, die Juden aus ihren Häusern zu holen und abzutransportieren. Was darüber hinausging, interessierte ihn nicht. Im Grunde hatte er nur den einen Wunsch, nach siegreich beendetem Krieg möglichst schnell nach Hause zu kommen. In schwachen Stunden fühlte er ein unangenehmes Drücken im Magen und dachte mißmutig, daß er sein schönes Haus am Rhein vielleicht nie mehr sehen würde. Wenn das Wort Angst im Vokabular eines SS-Offiziers vorgekommen wäre, hätte er Angst gehabt. So litt er an nervösen Magenbeschwerden. Das beste und erprobteste Mittel dagegen war, daß er sich betrank.

Er tat es reichlich. Es gab heute einen erlesenen Burgunder, und er ließ eine Flasche nach der anderen öffnen, bis er die Welt sehr schön und ganz in Ordnung fand.

Immerhin hatte er so viel Disziplin im Leibe, daß er noch aufrecht stehen konnte, als er spät in der Nacht das Zeichen zum Aufbruch gab. Mit schweren Schritten klirrte er die Treppe hinab.

Im ersten Stock blieb er stehen: „Möchte den Schlafsaal besichtigen", sagte er und stieß ein hohes, meckerndes Lachen aus. Der Gedanke, diese Judenweiber bei Nacht zu erschrekken, machte ihm großes Vergnügen.

Man öffnete bereitwillig die Tür. Er taumelte einen Schritt zurück und hielt sich die Nase zu.

„Pfui Teufel, stinkt das Zeug", sagte er angewidert, dann aber trat er doch näher.

Den ersten Strohsack bei der Tür hatte eine alte Arbeiterfrau inne, die schlaftrunken zu ihm emporblinzelte.

„Schweine!“ sagte er laut. „Säue! Alles Judenschweine! Laß deine dreckigen Füße sehen.“

Die Frau setzte sich auf und schlug gehorsam die Decke zurück.

„Wußte ich's doch!“ brüllte der Hauptsturmführer.

„Dreckige Füße hat die Sau! Darum muß sie auch auf Transport.“

Er schwankte jetzt ein wenig und trat, die Mütze weit aus der Stirn geschoben, zum nächsten Strohsack, auf dem eine junge, hübsche Person lag.

„Laß deine Füße sehen.“

Sie stand eilfertig auf und streckte ihm ihr Bein entgegen.

„Ei, ei, das hat sich ja gewaschen. Schön sauber bist du. Das mag ich. Zieh dich an und geh nach Hause.“

Die Frau starrte ihn ungläubig an. Schon aber hatte ein Junge vom Jüdischen Rat sie an der Hand gefaßt und aus dem Schlafsaal gerissen.

„Schnell“, flüsterte er, „sonst bekommt er Reue.“

Dem Hauptsturmführer machte seine Idee einen Riesenspaß. Schwankend, rülpsend, grölend ging er von einem Strohsack zum anderen und ließ sich die Füße zeigen. Da er ein weites Herz hatte, schickte er alle Frauen, die ihm nur ein bißchen gefielen, nach Hause. Und er war großzügig genug, zu erlauben, daß sie Männer, Kinder und Eltern mit sich nahmen. Was tat es schon? Innerhalb weniger Wochen waren sie doch alle wieder zurück.

Lex Groenteman, der die Wache hatte, lief diensteifrig neben ihm her und dachte an seine Freundin Annabeth. Ihr Strohsack war auf der anderen Seite des Saales. Unmöglich konnte dies sinnlose Spiel so lange gutgehen, bis der Hauptsturmführer von selbst dort hinübergekommen war. Geschickt manövrierte der kleine Lex den großen Gewaltigen in die gewünschte Richtung.

„Hier", sagte er und konnte vor Aufregung nicht schlucken.

Betroffen blieb der Hauptsturmführer stehen. Sieh einer an, da gab es in diesem Mief eine Schönheit. Mit begehrlichen Augen schaute er auf Annabeth, die zu seinen Füßen lag.

Sie hatte die Arme unter dem Kopf verschränkt und rührte sich nicht. Ihr Gesicht war schmal und verschlossen; sie drückte die Lippen aufeinander, als sei sie nie mehr bereit, ein Wort zu sprechen. Seitdem sie aus dem Krankenzimmer gekommen war, wo sie eine Stunde lang Bens heiße Hand gehalten hatte, schien sie stumm geworden zu sein.

„Nun, wird's bald", sagte der Hauptsturmführer; wie aber das schöne Frauenzimmer auch auf diese Aufforderung sich nicht bewegte, dachte er erschrocken, sie werde wohl taubstumm sein. So beugte er sich nieder und zog ihr die Decke fort. Auch hierauf reagierte sie nicht im geringsten und ließ sich von ihm betrachten, als wäre sie tot.

„Donnerwetter", sagte er halblaut und leckte sich den Speichel von den Lippen.

Der Rock war ihr bis über die Knie hinaufgerutscht, und da sie nichts an den Füßen trug als kleine, weiße Söckchen, konnte er in aller Ausgiebigkeit diese Beine betrachten, die makellos in der Form, braun, glatt und mit dem matten Glanz der jungen Haut nebeneinander lagen.

„Donnerwetter“, sagte er noch einmal zwischen den Zähnen hindurch und strich mit der Reitpeitsche zärtlich an den Beinen entlang.

„Ziehen Sie Ihre Socken aus“, bat er mit ganz veränderter Stimme, die wieder ebenso leise und höflich war wie am Nachmittag, und als ihm einfiel, daß sie ihn wohl nicht verstehen konnte, zeigte er ihr mit anschaulichen Gebärden, was er wollte.

Unbeweglich blieb sie liegen, die Arme unter dem Kopf verschränkt.

Auf einmal lächelte sie. Sie hob die reizend geschwungene Oberlippe ein wenig, und dann sagte sie langsam und phlegmatisch mit ihrer angenehm tiefen Stimme: „Nein. Es lohnt sich nicht. Meine Füße sind schmutzig. Ich bin über denselben Boden gegangen wie Sie und Ihre Soldaten.“

Der Hauptsturmführer hob die Peitsche, als wolle er sie schlagen. Mitten in der Bewegung aber machte er kehrt und ging mit dröhnenden Schritten zum Saal hinaus, wo alsbald, in der wieder herrschenden Dunkelheit, das Jammern und Keifen der Frauen ertönte, die ihre Füße nicht hatten zeigen dürfen.

7

Da sie Ben nicht retten konnte, wollte Annabeth selbst zugrunde gehen. Es war ihr gleichgültig, wieviel andere Menschen sie mit sich in den Abgrund riß. Die Liebenden sind Rasende, die das Unterscheidungsvermögen zwischen dem Du und dem Ich und damit auch das Gefühl für Sinn und Maß verloren haben. Gott gnade allen, die in ihre Nähe kommen.

Gott hatte seine Gnade von Salomon Waterdrager, dem Professor, abgewandt. Denn was den andern betraf, Salomon Waterdrager, den Diamantschleifer, so kam er zu guter Letzt, eine Viertelstunde vor dem Abtransport, doch noch frei und konnte neben der dicken Saartje, unter der Last der Koffer und Rucksäcke keuchend, zum Ausgang eilen.

Der Vetter aus den höheren Regionen des Geistes aber mußte mit seiner Frau, der einstmals so schönen und reichen Henny del Pinto, und mit dem Augapfel Annabeth den Weg ins greulich Unbekannte antreten.

Gleich all den anderen, den paar hundert, die mit ihnen gingen, und den vielen Tausenden, die vor und nach ihnen kamen, wehrten sie sich weder durch Taten noch durch Tränen.

Sie hatten sich an das Entsetzliche gewöhnt, sie waren herabgeglitten von menschlicher Höhe, von der Würde der Freude und des Schmerzes, waren zu einer dumpfen Herde geworden, die mit wiegenden Schritten, schweren Trottes, dorthin geht, wohin man sie treibt. Schweigend, langsam, mit gesenkten Köpfen und erloschenen Augen schoben sie sich fort aus dem Theater, das ihre letzte menschliche Behausung gewesen war.

Es gab einen Aufenthalt von einem Tag im Durchgangslager.

Wieder wurde man registriert und konnte noch einmal einem Goudsteen oder Silverberg seine Hoffnungen und Beschwerden vortragen.

Dann lag man zusammengepfercht am Boden eines halbdunklen Viehwagens, der nach Osten fuhr. Tag und Nacht und Tag und Nacht. Die Räder rollten und stießen, es war kalt und heiß, und es stank. Manchmal sah man durch schmale Schlitze ein Stück blauen Himmels oder sanfte Sterne. Wenn der Zug stand, hörte man den Wind und Menschen, die draußen lachten.

Ben lag mit seinem Kopf in Annabeths Schoß. Erst hatte er Schmerzen, aber schon am zweiten Tag ging es ihm besser, und am dritten war er gesund.

„Wir werden leben", flüsterte er ihr zu.

„Du mußt leben wollen. Versprich es mir."

„Ich will leben“, sagte sie und küßte ihn auf die Augen.

Nach vier Tagen war der Zug angekommen. Die Türen wurden aufgerissen. Mit Stöcken bewaffnete und von Hunden begleitete SS-Männer brüllten: „Aussteigen! Schnell! Schneller, schneller!“

Man taumelte heraus aus der Dunkelheit der Wagen. Stand im Lichte von Scheinwerfern.

Annabeth wußte: Dies ist das Ende der Welt. Aber es war keine sanft ansteigende Wiese und kein jäher Abbruch, und niemand trug einen Sarg. Es waren kahle, flache Felder im harten Licht, dunkle Baracken und Schornsteine, aus denen es feurig glühte. Und es roch nach verbranntem Fleisch.

Es war Technik, Fabrik, es war Film. Ende der Welt 1943.

Sie wurden in Reihen aufgestellt. Männer und Frauen getrennt. Schon war Ben nicht mehr neben Annabeth. Sie ging hinter der Mutter drein, die fortwährend mit dem Kopfe nickte, als wäre sie eine Fürstin, die die Huldigungen der Menge entgegennimmt.

Am Ende des Bahnsteigs saß ein Offizier in blanker Uniform, die Brust voll Orden, und sortierte aus. Er sah Henny kaum an: „Rechts abtreten.“

Zögernd tastete sein Blick über Annabeth: „Nach links.“

„Mam“, sagte sie und streckte die Hand ins Leere.

Henny stieß ein kleines, törichtes Kinderlachen aus. Sie hatte soeben etwas von einem Bad gehört und daß man ihr ein Handtuch und ein Stück Seife geben wollte.

Daß es Menschen gibt, die wie reißende Tiere sind, wußte sie nicht. Sie dachte noch immer nicht an den Tod.

Friedfertig mit dem Kopfe nickend, ging sie der feuerspeienden Hölle zu.

Eng zusammengedrückt stand die kleine Gruppe der jungen Frauen. In einiger Entfernung zogen die Männer vorbei.

Sie waren schon aussortiert. Allen voran schritt Salomon, mit steifen Schultern, den weißen Vogelkopf zurückgelegt, als suche er, ob über dem grellen Licht der Scheinwerfer noch Sterne wären.

Er war in den Tagen der Erniedrigung zum Greis geworden, und doch hatte sein treuer Verstand ihm am Ende herausgeholfen aus der Hölle und ihn eingesetzt in eine ganz neue und ungekannte Gnade.

So lange hatte er den Unsinn des Ermordetwerdens und den nicht kleineren Unsinn des eigenen Sündenfalls zurechtgedacht, bis ihm der Tod als gerechte Strafe erschien.

In zeitloser Gültigkeit strahlte wieder das Recht, und er, Salomon, der die Sühne auf sich nahm, wurde von diesem Glanze erhellt.

Weit fort schon war er von der Welt und auch von Annabeth, der Vielgeliebten, der kleinen Tochter, die ihm einst alles Glück und alles Entzücken der Erde gewesen war. Er wußte nicht, wie nah sie bei ihm stand, er wandte den Kopf nickt nach ihr.

Frühere, altvertraute Bilder tauchten vor ihm auf. Jenes eine vor allem, des Weisen und Gelassenen, der, obwohl er hätte fliehen können, den Schierlingsbecher trank, weil es ihm nicht darauf ankam, zu leben, sondern einzig und allein darauf, im uneingeschränkten Gehorsam des Todes zu zeigen, daß die Allmacht des Staates im Unrecht ist, jetzt und in Ewigkeit.

Freiwillig wie Sokrates nahm Salomon Waterdrager den Tod auf sich. Zwar wäre gar keine Möglichkeit zur Flucht gewesen, aber er tat den SS-Männern mit ihren riesigen Hunden nicht die Ehre an, sie zu sehen.

Er ging und ging, und Sokrates ging mit ihm, und er hörte sich selbst oder den anderen still die Worte murmeln: „Es ist Zeit zu gehen, es ist Zeit zu gehen."

„Es ist Zeit ..."

Annabeth sah ihm nach, und ihre Lippen zitterten, aber sie weinte nicht.

Ihre Augen durften nicht trüb sein von Tränen, denn sie mußte noch einen sehen. So starrte sie hin zu den Alten und Schwachen, und sie hielt oft vor Schrecken den Atem an, doch Ben war nicht dabei.

Dann tönten scharfe Kommandos, und im Laufschritt kamen die Jungen und Kräftigen, die man aus Laune und weil sie für eine Weile noch zur Arbeit gut sein mochten, dieses Mal verschont hatte.

Bens Gesicht war schweißüberströmt. Er schien ganz auf diese schwere, neue Arbeit des Laufens konzentriert zu sein.

Jetzt weinte Annabeth; wie er dann aber doch, schon halb vorüber, den Kopf zu ihr drehte mit einem gehetzten, hilfesuchenden Blich, hob sie die Hand und winkte und lächelte, damit er nicht traurig sein mußte um sie.

Und sie lächelt weiter, auch als er schon längst vorbei ist und ein neues Kommando sie selbst einreiht in den endlosen grauen Zug der Sklaven, die unter der Peitsche stöhnen und dahinwanken zwischen Tod und Leben, viele Tage und viele Wochen und viele Monate lang, der Stunde der Freiheit entgegen, die immer ferner und immer blasser wird und die am Schluß nichts mehr ist als ein selten geträumter Traum und die leise Frage: Wird sie kommen? Wird sie kommen für uns?

GRETE WEIL, 1906 in Rottach-Egern geboren, studierte zunächst Germanistik in Frankfurt und München und absolvierte zwischen 1933 und 1935 eine Ausbildung als Fotografin. Sie begann früh zu schreiben und gehörte in München zum Freundeskreis um Erika und Klaus Mann. 1932 heiratete sie den Dramaturgen Edgar Weil und folgte ihm 1935 in die Emigration nach Holland. Dort half sie dem holländischen Widerstand beim Fälschen von Pässen und Lebensmittelkarten und arbeitete beim Jüdischen Rat in Amsterdam. 1941 wurde Edgar Weil verhaftet und im KZ Mauthausen umgebracht. 1943 tauchte Grete Weil kurz vor der ihr drohenden Deportation unter und überlebte in einem Versteck. Sie kehrte 1947 nach Deutschland zurück und arbeitete bis zu ihrem Tod als freie Schriftstellerin und literarische Übersetzerin.

Ans Ende der Welt erschien erstmals 1949 in Ostberlin – 1962 folgte eine wenig beachtete westdeutsche Ausgabe. Literarischer Ruhm wurde Grete Weil erst mit ihrem Roman **Meine Schwester Antigone** zuteil, der im Jahr 1980 erschien. Danach mit namhaften Literaturpreisen geehrt, starb Grete Weil am 14. Mai 1999 in Grünwald bei München.

Werke

Weihnachtslegende 1943
(Theaterstück, Amsterdam 1945)

—

Ans Ende der Welt
(Erzählung, Berlin 1949)

—

Tramhalte Beethovenstraat
(Roman, Wiesbaden 1963)

—

Happy, sagte der Onkel
(Erzählungen, Wiesbaden 1968)

—

Meine Schwester Antigone
(Roman, Zürich 1980)

—

Generationen
(Roman, Zürich 1983)

—

Der Brautpreis
(Roman, Zürich 1988)

—

Spätfolgen
(Erzählungen, Zürich 1992)

—

Leb ich denn, wenn andere leben
(Autobiografie, Zürich 1995)

EIN
ROMAN
VON
Grete Weil
TRAMHALTE
BEETHOVENSTRAAT
DAS KULTURELLE GEDÄCHTNIS · VERLAG

Grete Weil
Tramhalte Beethovenstraat
Gebunden, 192 Seiten
22€
ISBN 978-3-946990-53-6
1. Auflage 2021
Verlag Das Kulturelle Gedächtnis GmbH, Berlin

Pressestimmen

Vieles von dem, was Weil erzählt, hat sie selbst erlebt. (Sie) konnte sich 18 Monate verstecken, nachts verkroch sie sich hinter einer Bücherwand. Man muss sofort an Anne Franks Versteck im Hinterhaus der Prinsengracht 263 denken, verborgen hinter einem schwenkbaren Bücherschrank. (...) Ihr Überleben verstand sie als Auftrag, gegen das Vergessen anzuschreiben. Denn: „Vergessen tötet die Toten noch einmal."

TOBIAS LEHMKUHL, TAGESSPIEGEL

Meisterwerke über den Holocaust kann und sollte es nicht geben. Doch benötigt die Erinnerung, soll sie nicht im Namenlosen untergehen, einen Modus der Abstandsregelung. So hat Grete Weil zur Form des Romans gegriffen. Ist ihr das gelungen? Diese Frage führt nicht weiter. Es ist ihre Art gewesen, dem Gedächtnis, ihrem Gedächtnis treu zu bleiben.

BURKHARD MÜLLER, SÜDDEUTSCHE ZEITUNG

Im März 2021 wurde **Beethovenstraat** *neu aufgelegt, und wenn dieser Roman nicht in den Kanon aufgenommen wird, sollen sich zur Strafe sämtliche Bücher in diesem Land in Konsalik-Romane verwandeln.*

MARIO PSCHERA, NEUES DEUTSCHLAND

Wie frühe niederländische Nachkriegsromane, etwa von Wilhelm Frederik Hermans, entfaltet **Tramhalte Beethovenstraat** *seine Kraft weniger durch die Schilderung der Ereignisse selbst als durch den Blick auf die Psyche der Beteiligten, die sich der Ungeheuerlichkeit der Situation ausgesetzt sehen. (...)*

Schuld hat Grete Weil als jüdische Überlebende Zeit ihres Lebens übrigens auch selbst empfunden, wie sie in ihrer Autobiografie berichtet hat. Es ist ein großes Verdienst des Verlags, ihren Roman, der 1963 zu früh erschien, wieder ins Gedächtnis zu rufen.

PAUL STOOP, DEUTSCHLANDFUNK

IMPRESSUM

Der VERLAG DAS KULTURELLE GEDÄCHTNIS dankt seinen UnterstützerInnen: Reinhart Binder, Frederic Böhle, BUCHMARKT, Andrew & Jeff Goldstein, Janine & Philipp Graf, Eva Großjean-Ehe, Heinz Hörner, Lucian Krawczyk, Kathrin Kunkel-Razum, Elke Müller, DAS MAGAZIN Die Kulturzeitschrift, Friederike Mayer-Lindenberg, Ulrich Noethen, Gabriele Pohlmann, Oliver Razum, Stefan Reiserer, Elisabeth Ruge, Thomas Sarbacher, Thomas Schöttler, Hartmut Sommer, Simone Stampehl, Beate Swoboda, den Gesellschaftern des Verlages sowie einigen Ungenannten, die im Dank eingeschlossen sind.

ISBN 978-3-946990-61-1
1. Auflage 2022
Verlag Das Kulturelle Gedächtnis GmbH, Berlin

Die Erstausgabe von *Ans Ende der Welt* erschien 1949 im Verlag Volk und Welt, Berlin.

---

mis en bouteille au château

Reihentitelgestaltung: studio stg / 2xGoldstein+Fronczek
Gestaltung & Satz: studio stg
Korrektorat: Simone Stampehl
Covergestaltung unter Verwendung einer Porträtfotografie von Grete Weil und mit freundlicher Genehmigung von Herlinde Koelbl. © Herlinde Koelbl
U4: © pexels
Druck & Bindung: CPI books GmbH, Ebner & Spiegel, Ulm

Mehr zum Verlag auf: **www.daskulturellegedächtnis.de**

Aus Gründen des Umweltschutzes schweißen wir unsere Bücher nicht ein.